KB045278

웹소설 작가를 위한 장르 가이드 1

로맨스

웹소설 작가를 위한
장르 가이드 ❶

Romance
로맨스

이주라 · 진산 지음

북바이북

웹소설이라는 낯선 단어가 눈에 띄기 시작한 것은 2010년 이후였다. 웹툰이 먼저 있었다. 인터넷으로 볼 수 있는 만화인 웹툰이 점차 가시적인 성과를 보이면서 강풀과 조석 등 대형 스타 작가도 등장하고, 윤태호의 〈미생〉이 단행본 만화로 출판되어 200만 부를 넘어서고 드라마로도 성공을 거두었다. 인터넷에서 사람의 관심을 끌기 위해 시작된 웹툰이 대중문화의 중심으로 우뚝 선 것이다. 웹소설은 웹툰이 걸었던 길을 따라간다고 볼 수도 있다.

그러나 이미 인터넷 소설이 있었다. 1990년대, 인터넷이 활성화되기 이전 PC통신 게시판에 올린 소설이 인기를 끌었다. 이영도의 『드래곤 라자』와 이우혁의 『퇴마록』을 비롯해 유머 게시판에 올라온 『엽기적인 그녀』와 귀여니의 『늑대의 유혹』 등도 화제였다. 수많은 네티즌이 열광하며 읽었던 인터넷 소설은 책으로 출간되어 수십만, 수백만 부가 팔려나갔다. 『퇴마록』과 『늑대의 유혹』 등은 영화로 만들어졌고, 『엽기적인 그녀』는 한국만이 아니라 할리우드와 중국에서도 영화화되는 등 엄청난 인기를 끌었다. 인터넷 소설의 대중적 인기는 얼마 가지 못해 사그러들었지만, 마니아들은 여전히 남아 있었다.

독자는 언제나 재미있는 이야기를 갈구한다. 최근 조사에 따르면 출판시장에서 국내소설보다는 외국소설이 훨씬 많이 팔리고 있다. 국내소설을 고르는 기준이 작가인 것에 비해, 외국소설은 재미있는 이야기였다. 국내소설은 여전히 순문학이 주도하며, 문장력과 주제의식이 중요하다고 생각한다. 그래서 흥미롭고 즐거운 이야기를 찾는 독자들은 외국소설을 읽게 된다. 베르나르 베르베르, 무라카미 하루키, 히가시노 게이고…

인터넷 소설이 인기를 끌었던 것도, 당시의 젊은 층에게 어필할 수 있는 이야기와 정서를 가지고 있었기 때문이다. 한때 일본에서도 인터넷 소설, 일본판 웹소설이라 할 게타이(휴대폰) 소설이 한참 인기였다. 『연공』, 『붉은 실』 등이 대표적이다. 일본에서 게타이 소설이 젊은 층에게 인기를 끄는 이유는 이랬다. 장르의 애호가가 직접 소설을 쓴다, 연령대가 비슷하여 작가와 독자의 거리가 가깝다, 실시간으로 반응이 오가며 작품에 반영된다, 철저하게 엔터테인먼트 지향이다. 인터넷 소설이 인기 있었던 이유도 비슷했고, 지금 인터넷 소설의 적자라 할 웹소설도 마찬가지다. 과거에는 주로 컴퓨터로 보던 것이 모바일로 바뀌면서 웹소설이라고 이름만 바뀐 것이다.

지금은 '스낵 컬처snack culture'라는 말이 유행이고, 잠깐 즐겁게 소비할 수 있는 문화와 오락이 대세가 되고 있다. 그런 점에서 웹소설은 웹툰보다도 간단하고 용이하게 소비될 수 있는 장르다. 이야기도 필요하지만 그림이 필수적인 웹툰과 비교한다면 웹소설은 진입장벽이 더욱 낮다. 그래서 더 많은 작가가 뛰어들 수 있고 다양한 이야기가 빨리 많이 만들어질 수 있다.

이미 네이버웹소설을 비롯하여 조아라, 문피아, 북팔, 카카오페이지 등 주요 플랫폼에서는 엄청난 양의 웹소설이 올라오고 있다. 네이버웹소설이 공모전을 하면 장르별로 4, 5천 개의 작품이 들어온다. 그만큼의 예비 작가가 있는 것이다. 모 플랫폼의 경우 한 달에 천만 원 이상의 수익을 올리는 작가가 30명이 넘어간다고 한다. 네이버는 그보다 많을 것으로 추정된다. 기존 문단에서 창작으로만 이 정도의 수익을 올리는 작가는 열 손가락으로 꼽을 정도다.

과거의 인터넷 소설이 유명무실해진 것은, 작가가 수익을 올릴 수 있는 방법이 종이책밖에 없었기 때문이다. 인터넷 소설을 게시판에 올려도 수익이 없기에 안정적으로 창작을 할 수 없었다. 하지만 지금은 웹툰이 닦아놓은 기반 위에서 웹소설도 유료화 정책이 가능해졌다. 인기를 얻는 만큼 수익도 많아진다. 웹소설이 아직까지 대중적으로 유명해졌다고 말하기는 힘들지만 산업적으로 자리를 잡아가고 있는 것은 분명하다. 그리고 젊은 층을 중심으로 점점 인기가 높아지고 있다. 종이책으로 따지면, 대중적으로 인지도는 약하지만 라이트 노벨의 판매가 일반 소설에 못지않은 것과 비슷하다.

웹소설은 한창 성장 중이고, 여전히 작가가 필요하다. 하지만 뛰어난 작가의 수는 절대적으로 부족하다. 웹소설을 지속적으로 소비하는 마니아만이 아니라 일반 소설을 읽는 독자의 마음도 사로잡을 정도의 작품을 내는 작가는 많지 않다. 그렇기에 지금 웹소설 작가에 도전한다면 그만큼 성공의 기회도 많다고 할 수 있다.

형식으로만 본다면 웹소설은 대중적인 장르소설이라고 할 수 있다. 로맨스, 판타지, 무협, SF, 미스터리, 호러 등 장르적인 공식을 이용하여 만들어지는 다양한 이야기를 말한다. 소설과 영화에서 장르가 만들어진 것은 대중의 선택을 쉽게 하기 위해서였다. 각자 자신이 선호하는 장르를 찾아내면 지속적으로 즐기게 된다. 마찬가지로 일본의 라이트 노벨에도 모든 장르가 포함된다. 인기 있는 장르는 로맨틱 코미디, 어반 판타지urban fantasy, 스페이스 오페라space opera, 청춘 미스터리, 전기 호러 등이다. 서구의 할리퀸 소설이 판타지와 결합하고 팬픽이 더해지면서 확장된 영 어덜트_{young adult} 역시 수많은 장르를 포괄한다.

그러니 웹소설을 쓰겠다고 생각한다면 일단 장르에 대해 고민해볼 필요가 있다. 내가 어떤 장르를 가장 좋아하는지, 어떤 장르를 가장 잘 쓸 수 있는지… 보통은 내가 좋아하는 장르를 쓰는 것이 제일 수월한 길이다. 내가 보고 싶은 작품을 내가 쓰는 것. 그러기 위해서는 내가 많이 읽어왔다고 해도, 장르에 대해 조금 더 자세하게 알 필요가 있다. 판타지라고 썼는데 독자가 보기에 전혀 다른 설정과 구성이라면, 작품의 완성도와 상관없이 욕을 먹는 경우도 생긴다. 한 장르의 마니아는 선호하는 유형이나 장르 공식이 있는 경우가 많기 때문이다.

'웹소설 작가를 위한 장르 가이드'는 웹소설 작가를 지망하는 사람들을 위해서 기획된 시리즈다. 시작은 KT&G 상상마당에서 진행된 웹소설 작가 지망생을 위한 강의였다. 이전에도 소설 창작 강의는 많이 있지만 의외로 장르에 대해 알려주는 과정은 거의 없었다. 대부분 소재를 찾는 방식, 문장력을 키우는 법, 주제의식 등에 대한 강의였다. 그러나 장르를 쓰기 위해서는 지식도 필요하고, 테크닉도 필요하다. 미스터리를 쓰려면, 일단 미스터리가 무엇인지 알아야 한다. 고전적인 미스터리는 무엇이고, 어떤 하위장르로 분화되었고, 지금은 어떤 장르가 인기를 얻고 있는지 등. 또 로맨스를 쓰려면 로맨스는 어떻게 시작되었고, 할리퀸 로맨스란 대체 무엇인지 등을 기본적으로 알아야 한다. 자신의 일상을 담은 소설이나 장르에 구애받지 않고 대하소설을 쓰는 것도 얼마든지 가능하지만 하나의 장르에 기반하여 혹은 복합적인 장르를 활용하여 소설을 쓰고 싶다면 우선 장르에 대해 알아야 한다. 또한 오늘날에는 로맨스 장르만 하더라도 설정에 타임 슬립이나 판타지가 끼어드는 등 장르가 결합되는 경우도 점점 많아지고 있다.

웹소설은 대중적인 소설이고, 재미있는 소설이다. 재미있는 이야기를 만들어내고, 독자가 원하는 캐릭터가 마음껏 움직이는 소설이라고나 할까. 엔터테인먼트를 내세우는 소설이라면 가장 먼저 독자의 기호와 취향 그리고 만족이 앞서야 한다. 그 다음이 작품성이다. 주로 킬링 타임이지만 가끔은 지대한 감동을 주거나 깨달음을 주는 작품이 나오기도 한다. 그렇게 장르는 발전한다. 아직은 웹소설이 변방에 머물러 있지만 점점 더 중심으로 다가올 것이다. 그러기 위해서는 더 많은 작가와 작품만이 아니라 더 뛰어난 작가와 작품이 필요하다. 당신이 필요한 이유다.

김봉석

차례

1

로맨스란
무엇인가?

세상의 모든 로맨스는 사랑에 관한 이야기이다. 장르로서의 로맨스 또한 러브 스토리가 중심인 서사 양식을 가리킨다. 두 사람이 우여곡절 끝에 서로의 사랑을 확인하는 이야기인 것이다.

로맨스는 근대적 소설의 시작과 그 역사를 함께한다. 동서양을 막론하고 근대적 장편소설의 시작은 로맨스 서사의 확장과 변형에서 이루어졌다. 소설뿐만 아니라 연극과 영화 그리고 텔레비전 드라마에 이르기까지 로맨스 서사는 근대적 대중 서사의 기초이자 기본이라 할 수 있다. 구술문화에서 활자문화로의 전환 속에서, 인쇄매체에서 영상매체로의 변화 속에서, 인터넷과 소셜 미디어 등의 디지털문화로의 전환 속에서 로맨스 서사는 변함없는 생명력을 유지하고 있다.

로맨스 서사는 인류의 모든 예술양식에서 보편적으로 발견할 수 있는 기본적인 서사지만, 장르로서의 로맨스는 생산자와 수용자가 합의하는 최소한의 규약을 지닌다. 이 규약을 정립하여 상품화시킨 것은 영미 문화권 소설이다. 미국로맨스작가협회Romance Writers of America(RWA)에 따르면 로맨스는 사랑 이야기를 중심으로 감정적인 만족을 주는 낙관적인 결말을 보여주면 된다고 한다. 여기서 알 수 있는 로맨스의 서사적 특징은 두 가지다. 사랑 이야기가 주요 플롯을 이루어야 한다는 것과 사랑을 확인하기 위해 위험을 감수하고 투쟁했던 연인들에게 감정적인 정당화와 더불어 무조건적 사랑으로 보상을 해줘야 한다는 것이다. 즉, 해피엔딩으로 끝나는 사랑 이야기가 주를 이룬 서사라면 로맨스 장르에 속한다고 볼 수 있다.

미국로맨스작가협회는 위의 두 가지 요건만 지키면 로맨스 소설의 톤과 스타일은 자유롭게 정할 수 있는 것이라고 한다. 그런데 장르로서의 로맨스는 '감정적인 만족을 주는 낙관적 결말'이라는 조건에 의해 그것만의 독특한 분위기를 지니게 된다. '사랑 이야기'가 중심이 된 서사를 따지자면 멜로드라마나 로맨틱 코미디도 떠올릴 수 있다. 그러나 로맨스와 멜로드라마 그리고 로맨틱 코미디는 사랑을 풀어내는 방식에 있어서 차이를 보인다.

고통과 보상의 서사, 멜로드라마

멜로드라마는 '장애가 많은 연애 이야기'로 통칭된다. 이 정의만 보면 로맨스와 큰 차이가 없다. 그러나 생산자와 수용자 사이의 소통 과정에서 멜로드라마는 로맨스와는 다른 장르적 관습을 생성한다. 멜로드라마에서 나타나는 사랑의 장애는 보통 사회적 관습과의 갈등으로 형상화된다. 장애가 '많다'고 느끼는 이유는 서사 속의 갈등을 감정적 과잉이라는 방식으로 표현하기 때문이다.

멜로드라마는 사랑에 대한 이야기이지만 두 사람의 사랑을 방해하는 외부적 요인이 명확하게 설정되고, 그 방해 요인 때문에 두 사람은 심한 고통을 받는다. 멜로드라마는 사랑을 이루지 못하고 고통받는 두 사람의 감정이 밀도 높게 그려진다. 그들의 고통은 감정의 극한까지 이르게 되고, 독자들도 이들의 비극에 가슴 아파한다.

멜로드라마는 비극이다. 역사적으로 멜로드라마는 서양 비극의 세속화된 버전이었다. 고전적 비극에서 영웅적인 주인공이 일반적인 인물로 바뀌고, 운명이 아니라 근대의 현실적 사회상이 갈등 유발 요인으로 설정되면서 멜로드라마는 근대의 대중화된 극양식으로 자리 잡았다. 그렇기 때문에 멜로드라마의 기본적인 정조情調에는 비극적인 분위기가 깔려 있다. 이 비극은 사랑하는 두 사람이 사랑을 이루지 못하고 고통스러워하는 과정에서 발생한다. 그리고 이러한 감정적 고통은 주인공들을 감정의 극한까지 밀어붙이며 비극적인 분위기를 고조시킨다.

다행히도 주인공들의 고통은 결말에 이르면 감정적으로 보상받는다. 그러나 이 보상이 로맨스처럼 꼭 사랑의 관계를 회복하는 것은 아니라는 점을 기억해야 한다. 멜로드라마의 결말에 나타나는 감정적 보상은 고통과 고난의 상황에서도 도덕적 가치를 잃어버리지 않았던 주인공들이 사회로부터 그 가치를 인정받는 보상일 수도 있다. 즉, 사랑의 보상이 아니라 사회적 관계망 속에서 이루어지는 인정과 수용의 보상일 수도 있다는 것이다. 이렇게 멜로드라마는 '고통과 보상'이라는 서사 구조 속에서 이루어지는 사랑 이야기라고 할 수 있다.

충돌과 화해의 서사, 로맨틱 코미디

멜로드라마와 그 분위기에 있어서 가장 대립적인 지점에 서 있는 것은 로맨틱 코미디다. 비극과 결합한 사랑 이야기가 멜로드라마라면, 희극 그러니까 코미디와 결합한 사랑 이야기가 로맨틱 코미디이다.

로맨틱 코미디는 사랑하는 두 사람이 서로의 사랑을 확인하는 과정을 발랄하고 경쾌한 톤으로 풀어낸다. 로맨틱 코미디에서 웃음은 두 주인공이 티격태격하는 가운데 유발된다. 이러한 충돌은 서로 다른 사회적 기반을 가진 주인공들이 상대를 전혀 이해하지 못하기 때문에 발생한다. 상대방을 이상한 사람이라고 생각하면서 오해하는 것이다. 오해는 오해를 낳아 점점 충돌의 수위가 심해지지만 결국 오해가 풀리면서 화해한다. 마지막에는 이러한 티격태격 과정 속에서 상대방에게 호의를 느꼈음을 깨달으며 사랑을 약속한다.

1930년대 할리우드 스튜디오 시스템은 계급 격차를 지닌 두 남녀의 충돌과 소동을 다룬 로맨스 영화를 흥행시키면서 로맨틱 코미디의 전형을 확립했다. 로맨틱 코미디에는 계급 간의 차이로 행동방식이 전혀 다른 두 사람이 등장한다. 보통 상류 계급의 고집 세고 철없는 말괄량이 아가씨와 무뚝뚝하지만 신념 있고 강직한 중산층 출신의 남성이 그 주인공이다. 남자 주인공은 우연한 계기로 상류 사회에서 탈출한 아가씨를 만나게 되고, 현실 감각이 없는 그녀를 타박하면서도 보호하고 함께 행동한다.

이 과정에서 두 사람은 서로의 가치관과 행동방식의 차이로 끊임없이 갈등한다. 보통 말괄량이 아가씨가 남자 주인공을 황당하게 하거나 화나게 하면서 싸움이 시작되고, 그 과정에서 여자 주인공이 혼자만의 길을 가다가 문제가 생겼을 때 남자 주인공이 나타나 그 문제를 해결해주면서 남자 주인공의 진가가 드러난다. 이런 과정 속에서 두 사람은 서로에 대한 사랑을 깨닫고 확인하게 된다. 일명 '말괄량이 길들이기' 서사라고 칭할 수 있을 것이다. 1930년대의 히트작 프

랭크 카프라의 〈어느 날 밤에 생긴 일〉이나 오드리 햅번의 〈로마의 휴일〉 등이 로맨틱 코미디의 고전이라 할 수 있으며, 한국의 텔레비전 드라마 〈환상의 커플〉 또한 이러한 로맨틱 코미디의 계보를 잇는 작품이다. 이처럼 로맨틱 코미디는 '충돌과 화해'의 서사라고 할 수 있다.

이 충돌의 과정은 감정을 극한의 지점까지 몰아가지 않고, 그 밀도가 높지도 않다. 두 사람이 티격태격하는 과정은 서로를 놀리고 놀림을 당하며 즐거워하는 유희의 차원이라고 생각할 수 있다. 또한, 이들의 싸움은 과장된 방식으로 이루어지며 웃음을 유발하지만 이는 감정의 과잉이 아니라 행동방식의 과장일 뿐이기 때문에 작품 속의 인물도 작품의 수용자도 감정적 고통을 느끼지 않는다. 인물들의 과장된 행동 방식에 웃을 뿐이다. 그렇기 때문에 로맨틱 코미디의 '충돌과 화해'의 서사는 밝고 경쾌한 분위기로 진행된다.

불안과 확인의 서사, 로맨스

로맨스 또한 사랑을 확인하는 과정에서 벌어지는 충돌과 감정적 고통을 보여준다. 그리고 그 충돌은 이해와 화해로 마무리되며 결과적으로 사랑의 확인이라는 감정적 보상을 받는다. 하지만 로맨스의 분위기는 멜로드라마나 로맨틱 코미디의 분위기와는 다르다.

로맨스는 비극이거나 희극이지 않다. 로맨스는 슬프거나

웃기지 않다. 로맨스에서 일어나는 충돌은 극적이거나 과장되지 않았다. 로맨스의 갈등은 사랑을 확인하지 못한 두 사람의 심리적 불안이다. 로맨스의 주인공들은 우연한 계기로 서로를 발견하고 관심을 가진다. 그러나 서로의 마음을 확신하지 못하기 때문에 관계가 지속될지에 대한 불안을 느낀다. 심지어 육체적 관계까지 진전된 이후에도 그렇다. 이러한 농밀한 관계가 성욕의 해결을 위한 섹스 파트너로서의 관계인지, 사랑이 바탕이 된 진정한 연인으로서의 관계인지 정리되지 않아 불안을 느낀다.

로맨스의 서사는 상대방을 처음 발견한 순간의 동요, 관계의 진전 속에서 알 수 없는 상대의 마음 때문에 생겨나는 불안과 갈등, 그리고 상대의 마음을 확인하면서 느끼는 안도와 사랑의 확인이라는 세 가지 단계로 진행된다. 로맨스는 '불안과 확인'의 서사라고 할 수 있다. 상대의 마음에 대한 불안을 해소하는 과정이 로맨스의 서사 진행 과정이라고 볼 수 있는 것이다.

이러한 불안은 멜로드라마처럼 과장되지 않기 때문에 고통의 단계로 넘어가지 않는다. 또한, 로맨틱 코미디처럼 연속적으로 일어나는 엉뚱한 사건들로 표현되지 않기 때문에 마냥 웃긴 것도 아니다. 이 불안은 사랑을 시작하는 연인들이 현실 속에서 충분히 공감할 수 있는 정도의 불안이다. 그리고 이들의 불안은 반드시 해결된다. 사랑을 확인하는 시간이 지연될 뿐이지 로맨스의 주인공들은 항상 서로를 사랑한다. 여러 가지 상황상 혹은 성격상 표현하지 못했던 사랑의 감정이 표현되는 순간, 그래서 상대방 또한 사랑을 고백하는 순간이 로맨스 소설의 절정이자 결말이다. 이러한 결말은 그동안 불안에 시달렸던 연인들에게 감정적 보상을 해준다. 한동안의 마음고생을 상쇄시켜주면서 사랑의 기쁨으로 넘쳐나게 한다.

로맨스의 서사는 연인인 듯 연인 아닌 관계가 연인으로 탄생하는 순간을 그려낸다. 썸을 타는 관계가 연인이 되는 순간, 보통 이 연인들의 고백이 결혼 약속까지 포함하기 때문에 엄밀히 말하면 약혼자가 되는 순간까지를 특화시킨 장르라고 할 수 있다. 이후 에필로그는 그들의 행복한 결혼 생활이다. 결국 로맨스는 사랑의 가장 떨리고 예쁜 순간을 그려내는 장르이다.

2

로맨스의
하위 장르

로맨스의 하위 장르는 다양하다. 사랑 이야기라는 기본적인 구조를 가지고 다양한 장르 및 소재와 접합할 수 있기 때문이다. 그중에서도 로맨스의 최대 독자인 여성들의 취향에 부합하여 강한 생명력을 유지하는 장르나 시대의 변화에 따라 새롭게 대두되고 있는 장르는 독특한 특징을 가진 라인이 생겨 출판사가 따로 브랜드를 마련하기도 한다.

로맨스 소설의 대표적인 명사로 자리 잡은 할리퀸 시리즈를 총괄하고 있는 할리퀸 엔터프라이즈는 작품의 분량과 서사적 특징, 즉 주제나 성적 표현의 수위 등에 따라 로맨스의 하위 장르를 세분화했다. 문화권이나 인종별로 나누어진 라인을 제외하고 할리퀸에서 나누어놓은 하위 장르는 대체로 할리퀸 로맨스Harlequin Romance, 할리퀸 히스토리컬 Harlequin Historical, 할리퀸 인트리그Harlequin Intrigue, 할리퀸 프레젠트Harlequin Presents, 할리퀸 녹턴Harlequin Nocturne, 할리퀸 블레이즈 Harlequin Blaze 등이 있다.

할리퀸 로맨스나 할리퀸 프레젠트는 한국에서 가장 오랫동안 소개되었던 할리퀸 시리즈이다. 모두 한국에서 전형적으로 생각하는 '신데렐라 스토리'라는 서사 구조를 가진다. 할리퀸 로맨스는 성적 수위가 낮고 동화적인 분위기가 강조되는 데에 반해 할리퀸 프레젠트는 국제적인 무대를 바탕으로 관능적인 서사를 표방한다. 두 라인 모두 21세기를 살아가는 현대적이고 독립적인 여자 주인공이 멋지고 카리스마 있는 성공한 남자와 만나 사랑에 빠지는 로맨스의 전형을 보여준다.

이와 달리 할리퀸 히스토리컬은 역사적인 시대를 배경으로 펼쳐지는 사랑 이야기이다. 역사허구물 장르와 로맨스 장르의 결합이라고 생각하면 된다.

로맨스는 스릴러나 서스펜스 장르와도 결합하는데, 그 결과물이 할리퀸 인트리거이다. 납치나 스토킹에 의해 위험에 빠진 여자 주인공을 남자 주인공이 구출하는 서사가 주를 이루는데, 이때 미스터리나 서스펜스 혹은 스릴러 장르에서 활용되는 서사적 특징들이 이용된다.

할리퀸 녹턴 라인은 판타지 장르와 로맨스 장르의 결합이라고 볼 수 있다. 흔히 말하는 패러노멀 로맨스Paranormal Romance이다. 늑대 인간이나 뱀파이어 등 신화나 전설에 등장하는 초현실적 존재들이 등장하여 초현실적 사건을 바탕으로 사랑을 이루어가는 내용을 다룬다.

할리퀸 블레이즈는 성적 수위를 가장 높게 설정하여 로맨스 장르에 에로틱한 분위기를 고조시킨 라인이다. 여성들의 성적 욕망을 가장 자극적으로 표현하는 라인이다.

로맨스의 하위 장르는 이렇게 상업적인 시장에서 그 생명력이 입증된 장르를 중심으로 구분되어 있다. 미국로맨스작가협회에서 정리해놓은 로맨스의 하위 장르는 할리퀸 엔터프라이즈가 분류한 것과 주요한 부분에서는 거의 일치한다. 미국로맨스작가협회에서 구분한 장르는 다음과 같다.

- **컨템포러리 로맨스**contemporary romance 세계대전 이후의 현대를 배경으로 한 로맨스
- **히스토리컬 로맨스**historical romance 세계대전 이전까지를 배경으로 한 로맨스
- **리젠시 로맨스**regency romance 역사 로맨스 중에서도 특정한 시기인 19세기 초 영국의 섭정 시대를 배경으로 한 로맨스
- **패러노멀 로맨스**paranormal romance 모험 소설의 하위 장르로 SF, 판타지, 호러물은 물론 초능력 등의 요소가 들어 있으며, 비과학이나 초자연 현상에 대한 경계 없이 모든 것이 현실과 혼재되어 나타나는 로맨스
- **타임 트래블 로맨스**time-travel romance 패러노멀 로맨스의 하위 장르인 시간 여행 로맨스

· **로맨틱 서스펜스**romantic suspense 미스터리나 음모가 포함된 로맨스

· **인스피레이셔널 로맨스**inspirational romance 자신만의 종교적인 믿음에 대한 영적인 메시지가 담겨 있는, 영적인 주제가 포함된 로맨스

영미권에서 대표적으로 나타나는 로맨스의 하위 장르는 한국에서도 비슷한 양상으로 유통된다. 이 하위 양상들을 정리하여 분류하면 시간의 기준과 공간의 성격에 따라서 나뉘고 있음을 알 수 있다. 로맨스의 가장 고전적인 분류는 시간에 따른 구분이다. 현대를 배경으로 이루어지는 사랑 이야기냐, 역사적인 시간을 배경으로 이루어지는 사랑 이야기냐에 따른 구분이 그것이다. 로맨스 장르의 시작이 제인 오스틴의 소설에서 영향을 많이 받았기 때문에 제인 오스틴이 살았던 19세기 초라는 역사적 시대에 대한 환상이 로맨스 장르에는 많이 드러난다. 그렇기 때문에 역사적 시공간 속에서 이루어지는 사랑 이야기에 대한 수요는 로맨스의 시작부터 현재에 이르기까지 꾸준하게 이어지고 있는 편이다.

로맨스 장르의 향유자들이 살아가는 현재 속에서 이루어지는 사랑 이야기를 다루는 현대물은 독자들의 공감을 잘 이끌어낼 수 있다. 그리고 동시대에 많은 독자들의 관심을 얻고 있는 여러 장르와의 접합을 통해 독자들의 다양한 취향을 포섭할 수 있다는 장점도 지니고 있다. 그렇기 때문에 현대 로맨스물 안에는 다양한 취향의 분화가 드러난다. 시

대의 변화에 따른 독자들의 관심사나 시대별 이슈가 되는 장르적 문법이 무엇인지도 현대 로맨스물 안에서 새롭게 생성되거나 부각되는 하위 장르를 통해 알 수 있다.

현대 로맨스물은 전형적인 로맨스에서부터 서스펜스나 스릴러 장르와 결합한 로맨틱 서스펜스, 그리고 최근에 로맨스 시장을 강타하고 있는 '로맨티카Romantica'라고 불리는 에로틱 로맨스Erotic Romance에 이르기까지 다양하다. 전형적인 로맨스는 할리퀸 로맨스나 할리퀸 프레젠트처럼 신데렐라 이야기가 바탕이 된 사랑 이야기이다. 로맨틱 서스펜스는 전형적인 로맨스의 식상함에서 벗어나서 모험과 스릴을 즐기기 위해 생성된 장르라 할 수 있다. 추리물의 기본이 되는 미스터리의 구조를 가지고 있으며, 그 안에서 스릴과 긴장감을 느낄 수 있도록 스릴러와 서스펜스의 구조를 차용한다.

무엇보다도 최근에 가장 주목을 받고 있는 장르는 에로틱 로맨스이다. 『그레이의 50가지 그림자』(E.L. 제임스 지음) 시리즈 열풍에서도 드러나듯이 최근 로맨스 시장은 19금 로맨티카가 주도하고 있다. 로맨티카는 로맨스 소설 중에서도 성적 수위를 가장 높인 장르이다. 로맨스 시장의 주요 고객층이 여성인 만큼 여성의 성적 욕망을 자극하는 내용이 중심이 된다. 이런 점에서 남성의 포르노와 여성의 에로틱 로맨스는 큰 차이를 보인다. 로맨티카에서는 현실적 상식의 수준에서는 잘 허용되지 않는 성적 영역까지 탐구하고 표현한다. 하지만 그 서사의 핵심은 어쨌든 성적인 파트너와의 심리적 교감을 어떤 방식으로 확인하느냐의 문제에 달려 있다. 어쨌든 로맨스의 기본에서 벗어나지 않는다. 로맨티카는 여성의 입장에서 바라보는 성적 판타지를 드러내고, 하드코어한 성적 관계를 여성의 관점으로 재기술한다는 점에서 여성의 성과 사랑에 대한 새로운 이해를 도모하게 해준다.

역사 로맨스나 현대 로맨스 모두 현실적인 차원의 공간 속에서 이루어지는 사랑 이야기이다. 하지만 판타지물이나 SF물이 대중들의 관심을 끌면서 로맨스에서도 현실의 차원을 넘어선 초현실적 공간 배경이나 존재를 다룬 작품들이 늘어나고 있다. 패러노멀 로맨스는 크게 판타지 장르와 로맨스 장르의 만남이라고 볼 수 있을 것이다. 늑대 인간, 뱀파이어, 좀비 등 초현실적인 존재들과의 사랑을 그리거나, 과거와 현재와 미래를 오가며 이루어지는 사랑을 다루는 등 초현실적 차원의 이야기들을 다루는 로맨스이다. 스테프니 메이어의 『트와일라잇』 시리즈의 인기는 이러한 패러노멀 로맨스에 대한 대중의 지대한 관심을 반영한다.

현대 과학을 넘어선 영역에 대한 로맨스의 관심은 시간적 경계도 쉽게 넘어설 수 있다. 현재의 시간 속에서 이루어지는 초현실적 존재와의 사랑을 그릴 수도 있지만, 역사적 공간으로 들어가서 초현실적 존재를 만날 수도 있다. 색기를 빨아들이는 흡혈 인간과 무당의 사랑을 그린 웹소설 『야한 남자』는 현재적인 시공간을 배경으로 하지만, 만화 『밤을 걷는 선비(조주희 글, 한승희 그림)』는 뱀파이어라는 초현실적인 존재가 조선이라는 역사적 공간에서 살아가며 벌어지는 이야기이다.

　패러노멀 로맨스의 핵심은 초현실적 존재의 등장과 거기에서 벌어지는 사건이지 그 외의 다른 조건들은 크게 중요하지 않다. 여기에서 초현실적 존재들은 나와 다르기에 수수께끼 같고 이상한 타자로서의 상대를 상징하는 것일 수도 있고, 나의 현실적 상상력과 능력을 넘어서는 대단하며 매력적인 존재로서의 사랑의 상대를 표상하는 것일 수도 있다. 어떤 것이든 로맨스 장르에 그려지는 초현실적 존재는 매력적이다.

3

로맨스의
역사

로맨스가 대중문학의 장르로서 상품화되어 유통된 것은 현대로 접어들면서부터다. 하지만 로맨스라는 장르의 근간을 형성했던 역사는 서구 근대 문학의 시작까지 거슬러 올라가야 한다. 여성 독자층의 공감을 불러일으키는 사랑 이야기는 근대적인 소설의 탄생과 그 시작을 함께했다.

근대적 소설은 소설의 대중화와 그 맥락을 같이 했다고 봐도 무방하다. 귀족의 후원 체제로 창작되었던 작품들이 근대화에 따른 귀족의 몰락이나 영향력 감소로 후원자를 잃자 대중적인 상업 출판 시장에 근거하여 창작되기 시작했다. 이와 맞물려 어느 정도의 문자 해독력과 경제적 여유를 가진 중산층들이 성장하였고, 출판 시장은 이런 새로운 독자층을 위한 작품들을 출간했다. 근대적 대중 독자를 겨냥한 작품들이 큰 성공을 거두면서 출판 시장은 대중적인 독자들의 취향에 맞는 작품들을 선보였다. 근대의 대중 독자들이 생활하고 있는 현실을 바탕으로 하고 있고, 새 시대의 주도권을 쥔 부르주아 계급의 경제관 및 윤리관을 반영하는 작품들이 탄생한 것이다.

당시 출판 시장에 영향을 미치는 또 다른 집단이 있었는데, 바로 중산층 주부들이었다. 근대적 결혼 생활 속에서 아내는 사회생활을 하지 않고 가사를 전담했다. 그런데 기술의 발달로 여러 가지 가사 관련 제품들, 세탁기나 재봉틀 등이 보급되면서 주부들의 여유 시간은 상대적으로 증가했다. 주부들은 이러한 여유 시간에 나름의 오락을 즐겼는데, 그중 가장 건전한 오락의 형태가 독서였다. 이런 주부 독자층은 출판 시장의 주요한 고객이었다. 서구의 근대 소설이 이런 독자층을 겨냥했음은 당연한 일이었다. 여성 독자들의 주요 관심사는 자신의 안전한 미래를 보장해 줄 결혼이었다. 그렇기 때문에 연애와 결혼은 근대 소설의 가장 중요한 소재가 되었다.

로맨스, 근대 소설 최초의 베스트셀러

근대 소설의 기원으로 일컬어지는 작품 중 여성 독자들의 관심사를 가장 잘 반영하며 근대 연애소설의 보편적 구조를 정착시킨 작품은 사무엘 리처드슨의 『파멜라』(1740)이다. 『파멜라』는 아름다운 하녀인 파멜라가 자신의 주인인 귀족 B의 열렬한 구애 속에서도 끝까지 정절을 지키다가 결국 그녀의 태도에 감명을 받은 B와 결혼하게 된다는 전형적인 로 맨스의 구조를 가진 이야기이다.

신분이 낮지만 아름답고 도덕적인 여주인공이 신분은 높 지만 방탕하고 오만하고 거친 남주인공의 사랑을 받으며 그 를 감화시키고 서로 사랑을 확인한다는 내용, 그리고 결과 적으로 결혼을 통해 신분 상승을 이루어낸다는 해피엔딩의 결론은 연애와 결혼을 통해 삶의 전환을 이루고자 하는 여 성들의 판타지를 자극하기에 충분했다. 특히 여주인공의 관 점으로 사건이 기술되면서 여성 독자들의 공감을 끌어냈다 는 점에서도 로맨스 장르의 초석을 다졌다고 볼 수 있다. 『 파멜라』는 출간된 지 1년 여 동안 5판까지 찍을 정도로 인 기를 끌었다. 근대 소설 최초의 베스트셀러라 기록할 만하 다. 그리고 그 최초의 베스트셀러는 여성 독자들의 시선을 바탕으로 여성의 공감을 이끌어낼 만한 연애와 사랑과 결혼 의 이야기, 즉 로맨스였다는 것이다.

『파멜라』 이후로 신분이 다른 두 남녀의 사랑 이야기는 근대 소설에서 빈번히 다루어졌다. 두 사람의 사랑과 연애 이야기, 특히 낭만적인 사랑 이야기는 근대 낭만주의 이후 로 많은 소설들에서 다루었던 소재이자 주제이다. 근대 소 설 중에서 사랑 이야기가 하위 플롯으로라도 안 들어간 소 설은 거의 없을 것이다. 하지만 모든 사랑 이야기가 로맨스 장르 형성에 직접적인 영향을 끼친 것은 아니다.

로맨스의 고전, 제인 오스틴과 브론테 자매

대중적인 장르 소설로서의 현대 로맨스 소설에 직접적인 영향을 끼친 작가는 제인 오스틴이다. 그리고 덧붙여서 샬롯 브론테와 에밀리 브론테의 소설들이 로맨스 장르의 인물형이나 플롯의 전형을 형성하는 데에 큰 영향을 미쳤다.

제인 오스틴과 브론테 자매는 현대의 대중적인 로맨스 소설에 직접적인 영향을 미친 19세기 작가들이다. 제인 오스틴은 자신이 살았던 19세기 초반의 사회에 대한 면밀한 이해를 바탕으로 소설을 썼다. 그녀는 나름의 미덕을 가진 여주인공들이 일련의 사건들을 겪으면서 남주인공과의 관계를 진전시키고 성공적인 결혼으로 나아가는 과정을 소설로 형상화했다.

제인 오스틴의 작품에 나오는 두 남녀의 연애와 결혼은 우리가 흔히 말하는 낭만적인 감정으로서의 사랑에 바탕을 둔 관계는 아니다. 사회학자 에바 일루즈는 제인 오스틴의 작품에 등장하는 사랑은 19세기의 보편적 윤리를 철저하게 지키는 가운데 이루어지는 선택의 과정이라고 설명한다. 19세기에 배우자를 결정하는 일은 첫눈에 반해 심장이 뛰는 상대를 고르는 것이 아니었다. 즉, 현재 우리가 생각하는 낭만적인 사랑이 바탕이 된 관계가 아니라는 것이다. 그 당시 배우자를 선택하기 위해서는 감정이 아닌 이성과 도덕을 면밀하게 작동시켜야 했다. 여성은 자신이 속한 공동체가 존중하는 가치를 결혼 이후에도 지킬 수 있어야 했으며, 이러한 공동체의 윤리와 가치를 존중할 수 있는 상대를 선택하는 것이 중요했다. 이러한 여성들은 자신들의 감정이 엉뚱한 곳으로 흐르지 않도록 철저히 규제했으며, 주변 사람들의 평판이나 부모님의 판단에 의해 상대 남성이 공동체의 인정을 받을 수 있다고 확인했을 때 남성의 프러포즈를 받아들였다.

사랑은 프러포즈를 받아들인 이후에 시작되었다. 이성적 판단을 끝낸 이후에 서로의 마음을 주고받는 사랑이 시작되는 것이다. 다만 이러한 사랑이 시작될 즈음에는 소설은 이미 결말을 향해 간다. 즉, 제인 오스틴의 소설에 나오는 결혼의 과정은 우리가 흔히 아는 낭만적 사랑의 과정은 아니다. 하지만 두 남녀가 서로를 탐색해가는 과정, 그 속에서 서로의 진심을 보여주는 과정 등은 낭만적 사랑에 대한 환상을 가진 독자들의 공감을 일으키기에 부족한 점이 없었다.

게다가 제인 오스틴의 소설에 나오는 남녀 주인공들은 로맨스 장르 독자들이 가장 이상적으로 생각하는 인물형으로 형상화되었다. 제인 오스틴의 『오만과 편견』(1813)은 지금까지 쓰인 것 중 최고의 로맨스라고 일컬어진다. 이 작품의 남자주인공인 다아시는 비록 오만할지는 모르나 자신에게 주어진 의무와 책임을 다하며, 무뚝뚝할지는 모르나 쉽게 흔들리지 않는 강건함과 여주인공에 대한 일관된 관심을 보여준다. 여주인공인 엘리자베스 베넷은 평범한 외모를 가졌으나 현명하고 강하며 매력적이다. 무뚝뚝하지만 충실한 남자는 로맨스 독자들을 언제나 설레게 하며, 평범하지만 현명하고 강한 여자는 로맨스 독자들의 공감을 쉽게 얻어낸다.

제인 오스틴이 만들어낸 연애와 결혼의 이야기 및 매력적인 남녀 주인공의 형상은 브론테 자매의 작품을 거치면서 더욱 풍성해진다. 샬롯 브론테의 『제인 에어』(1847)는 로체스터라는 거칠고 음울한 성격의 남자 주인공이 제인 에어라는 고아이지만 강건하고 현명한 여자 주인공을 통해 진정한 사랑을 깨닫고 우여곡절 끝에 그 사랑을 이루는 내용이다. 오만하고 무뚝뚝했던 남자 주인공은 내면의 상처를 간직한 거친 남자의 면모를 획득한다.

이러한 남자 주인공의 음울함은 에밀리 브론테의 『폭풍의 언덕』(1847)에 이르면 그 절정을 이룬다. 히스클리프는 철저하게 사악하고 폭력적인 인물이며 사랑하는 여인에 대한 복수심으로 사로잡혀 있다. 그럼에도 불구하고 이 소설에서는 사랑에 대한 열정과 어긋난 사랑에 대한 집념이 매우 밀도 있게 그려졌다. 브론테 자매들의 소설에 나타나는 음울하고 괴기한 분위기와 정념은 고딕 소설과 낭만주의 그리고 엘리자베스시대의 드라마가 조합되면서 탄생한 것이다. 로맨스 소설은 이렇게 만들어진 브론테 자매의 작품에 영향을 받으면서 내면에 상처를 간직한 음울하고 폭력적인 남성 인물형의 계보를 이어나갔다.

대중화된 상품으로서의 로맨스의 시작

대중적이고 상업적인 로맨스는 문학의 영역에서 만들어진 이러한 자양분을 바탕으로 형성되었다. 로맨스 취향이 대중화되면서 장르 문학으로서의 영역을 확보하기 시작한 것은 1차 세계대전 이후부터라고 보면 된다.

20세기 이후 로맨스 장르에서 대중에게 가장 많은 영향을 끼친 작가와 작품은 E.M. 헐의 『족장』(1919)과 조젯 헤이어의 『검은 나방』(1921)이다. 헐의 『족장』은 전형적인 알파남과 여주인공의 사랑을 다루었는데, 대중적으로 큰 인기를 끌면서 로맨스 장르가 대중 출판 시장의 주요한 상품이 될 수 있다는 것을 확인시켜주었다. 이 작품은 1921년에 같은 제목으로 할리우드 영화로도 만들어졌다. 당대 최고의 배우 루돌프 발렌티노가 출연하였고, 상영 당시 전미 박스오피스 4위까지 오르며 최고의 인기를 끌었다.

『족장』은 강력한 알파남이자 마초인 남자 주인공이 여자 주인공을 납치했지만 그녀에게 반해 마음을 얻기 위해 노력하고, 여자 주인공 또한 자신을 납치하고 강간까지 한 남자 주인공에게 점점 마음을 열고 사랑하게 되면서 두 주인공이 사랑을 확인하는 과정을 그렸다. 비록 강간이라는 폭력적인 방식이 동원되지만 이 모든 것은 서로가 사랑하는 마음을 확인하면서 문제가 되지 않는다. 강력하지만 폭력적일 수 있는 남성의 마음의 문을 열어 사랑으로 이끄는 여성의 매력은 여성들의 판타지를 자극한다. 이 모든 폭력적인 상황이 사랑 때문에 일어났고 두 사람이 결국 서로의 마음을 확인하고 연인이 된다는 점은 여성들의 심리에 충분한 안정적 보상을 해준다.

조젯 헤이어의 작품은 현대에 생산된 역사 로맨스물의 전형을 형성했다. 18세기 월터 스코트의 역사소설은 역사 로맨스의 바탕이 되지만 20세기에 대중화된 역사 로맨스물의 시작은 조젯 헤이어의 작품이 출간된 1921년 이후로 봐야 한다. 조젯 헤이어의 작품은 엄밀하게 말하면 영국 섭정 시대(1811~1820년 정도의 기간)를 배경으로 하는 리젠시 로맨스 계열의 시초라고 할 수 있다. 한편으로 역사적인 시공간을 배경으로 가상의 인물들이 펼치는 사랑 이야기의 전형을 만들고 그것을 대중화시켰다는 점에서 현대적인 역사 로맨스물의 기원이라고도 말할 수 있다.

조젯 헤이어는 제인 오스틴의 영향을 많이 받았는데, 자연스럽게 그녀의 작품은 제인 오스틴이 살았던 시대를 배경으로 한다. 이러한 역사적 시대에 대한 이해가 부족한 독자들을 위해 조젯 헤이어는 섭정 시대의 풍속에 대해 자세히 묘사했다. 당대 상류층의 관습과 매너 그리고 패션과 유행에 대한 생생한 정보를 전해주면서 역사적 배경이 살아

숨 쉬게 하고, 독자들이 소설의 내용에 쉽게 빠져들게 했다. 또한, 기존의 역사 소설과는 달리 실존 인물이나 실제 사건을 중심으로 이야기를 진행하지 않고 허구적 가상 인물들의 사랑 이야기 중심으로 이야기를 이끌어갔다. 여기서 역사는 배경으로만 존재할 뿐이고, 이 배경 속에서 사건의 주체가 되는 인물들은 20세기의 감성을 반영하는 인물들이었다. 그들의 사랑도 현대적 감각에 부합하는 이야기였다. 이런 조제트 헤이어의 작품은 상당한 인기를 끌었으며 이러한 대중성을 바탕으로 역사 로맨스와 하위 장르인 리젠시 로맨스는 로맨스의 하위 장르에서도 주요한 영향력을 가진 장르로 자리 잡게 되었다.

1950~1970년대, 할리퀸의 등장

로맨스 소설의 대중적 영향력을 인지하고 그것을 가장 먼저 대중적인 상품으로 전환한 출판사는 영국의 밀스앤분이다. 밀스앤분은 1908년에 제럴드 밀과 찰스 분이 공동 설립한 소규모 출판사였다. 이 출판사가 처음 출간한 책은 우연히도 로맨스 소설이었지만, 처음부터 로맨스 소설에 집중한 것은 아니었다. 1930년대부터 로맨스 문학 전문 출판사로 변신한 밀스앤분은 값싼 문고판 책을 제작하여 2페니 도서관 같은 대여 도서관이나 신문 가판대를 통해 공급했다. 이 책은 독특한 갈색 제본으로 '갈색 책the books in brown'이라는 별칭을 갖게 되었다. 1930년대는 상업문학이 성장하던 시대였고, 밀스앤분은 1919년 이후 출판 시장의 일련의 흐름 속에서 로맨스 소설 시장의 성장 가능성을 읽어냈던 것이다.

밀스앤분의 성공에 주목하고 이러한 성공을 이어받으려고 한 출판사가 바로 할리퀸이다. 로맨스 장르의 역사에서 1950년대의 가장 큰 특징은 할리퀸의 등장이라고 할 수 있을 것이다. 현재 로맨스 장르의 대명사로 여겨지는 할리퀸은 캐나다의 영미 저서 재출간 출판사였다. 1950년대에 들어서면서 영국 밀스앤분의 로맨스 소설에 주목한 할리퀸은 1957년 밀스앤분의 카테고리 로맨스를 수입하여 북미 지역에 배급하기 시작했다.

밀스앤분의 카테고리 로맨스 중 의사와 간호사의 사랑 이야기를 다룬 라인Doctor & Nurse Romance을 중심으로 출간한 할리퀸은 어느 정도 보수적인 편집 방향을 가지고 있었던 것 같다. 할리퀸은 밀스앤분 카테고리 로맨스 중에서도 성적인 표현이 노출된 작품들은 피했으며 부드럽고 순수하며 순결한 여성을 주인공으로 삼았다. 당시 할리퀸에서 가장 강도 높은 스킨십은 순결한 키스 정도였다. 여주인공은 대부분 일을 하지 않았으며 일을 하더라도 전통적으로 여성이 종사하는 직종인 간호사나 가정교사 혹은 비서라는 직업을 가졌다.

할리퀸은 밀스앤분 카테고리 로맨스의 배급을 성공적으

로 이끌면서 1964년부터 로맨스 출간에만 전념하게 된다. 로맨스 장르의 대표 출판사로서의 할리퀸의 본격적인 시작을 알린 것이다. 1970년대는 로맨스 장르 출판의 기초를 다진 시기라 할 수 있다. 할리퀸은 로맨스 전문 출판사로서 본격적인 약진을 시작하며, 로맨스 시장에서 영향력을 확보했다. 할리퀸은 로맨스 장르에 특화된 마케팅 방법을 구축하면서 로맨스 장르의 충성스러운 독자들을 포섭하였다. 또한, 미국이라는 광범위한 시장에 진출하면서 로맨스 장르의 주요 형식을 정립했다.

할리퀸을 통해 배급되었던 로맨스는 카테고리 로맨스 Category Romance의 형식이었다. 카테고리 로맨스는 200페이지가 넘지 않는 짧은 분량으로 각각의 라인별로 주제와 스토리 그리고 표현 방식이 정해져 있었다. 하지만 미국의 에이본 사는 1972년에 분량과 조건에 제한을 두지 않고 쓴 장편 로맨스를 출간함으로써 싱글 타이틀 로맨스Single-title Romance 형식을 시장에 선보였다. 이렇게 카테고리 로맨스와 싱글 타이틀 로맨스라는 로맨스 장르의 두 가지 형식은 1970년대에 확립되었다.

먼저 1970년대 할리퀸의 역사를 살펴보자. 할리퀸은 1971년 10월에 밀스앤분을 매입하여 영국에 할리퀸 밀스앤분을 설립한다. 이 합병으로 로맨스 장르는 영국에서 더욱 대중화된다. 할리퀸은 이 시기에 로맨스의 성공적인 판매와 보급을 위해 마케팅 시스템을 개선한다. 자신들이 만든 책을 여성들이 쉽게 발견할 수 있도록 여성들이 자주 가는 대형 마트나 상점 혹은 슈퍼마켓 등에 책을 비치했다. 이와 더불어 매달 일정 정도 이상의 책을 사면 그 책들을 독자에게 곧바로 배달하는 서비스도 시행했다. 이러한 마케팅 방식을 통해 할리퀸은 로맨스 장르의 안정적인 독자들을 확보할 수 있었으며, 로맨스 장르를 대중화시킬 수 있었다.

로맨스 시장이 점점 확대되면서 1970년대에는 미국에서도 현대적인 로맨스 장르의 출판이 이루어졌다. 1970년대 미국에는 할리퀸이 진출하지 않았으며, 에이본이라는 미국 출판사가 로맨스 소설을 출간했다. 에이본은 1972년 케스린 우디위스의 『화염과 꽃』을 출간한다. 이 책은 종이책으로 출간된 최초의 싱글 타이틀 소설이었다. 그동안 독자들은 짧은 분량의 카테고리 로맨스에 적응되어 있었지만, 긴 호흡을 가진 싱글 타이틀 로맨스에도 열광했다. 『불꽃과 꽃』은 2천만 부 이상 판매되었으며 에이본은 곧바로 우디위스의 두 번째 책인 『늑대와 비둘기』를 출간했다. 그후 에이본은 로즈메리 로저 등 여러 작가들의 작품을 출간하며 1975년까지 150권 이상의 책을 4천만 부 이상 판매했다.

이 당시 에이본에서 출판된 로맨스는 '보디스 리퍼Bodice-rippers(사전적으로는 에로틱한 로맨스물을 가리키며, 의미만을 따지면 드레스를 찢는 로맨스물이라고 이해할 수 있다.)'라는 굴욕적인 별명을 얻었다. 대부분의 이야기가 여성을 위험에 빠뜨리게 한 일당 중 한 명의 남성이 그 여성과 사랑에 빠지면서 그녀를 구하고 사랑을 확인하는 내용으로 이루어졌는데, 이러한 작품의 표지에서는 위험에 빠진 여성을 찢어진 옷을 입고 남자 품에 매달린 이미지로 그려냈기 때문이다.

1980년대, 로맨스의 진일보

1980년대는 로맨스 시장이 팽창하는 시대이다. 이러한 진취적인 시장에서 성공을 이루기 위해서 많은 출판사들이 로맨스 장르를 특화시킨 임프린트를 만들었고 다양한 로맨스 소설을 출간했다. 하지만 이 시대에도 로맨스 시장을 장악한 거대 공룡은 할리퀸이었다. 할리퀸은 캐나다와 영국 시장에 이어 미국 시장까지 진출한다. 당시 미국에는 포켓북스를 소유한 사이먼앤슈스터가 있었지만 할리퀸은 이 회사를 통하지 않고 직접 미국 시장에 진출했다.

사이먼앤슈스터는 1980년에 실루엣북스라는 임프린트를 통해 고유의 로맨스 소설을 출판했다. 로맨스 출판 시장에서 할리퀸과 본격적으로 대결을 시작한 것이다. 실루엣북스는 보수적인 성향의 할리퀸과 달리 시대적 변화와 그에 따른 독자 취향의 변화에 유연하게 대응했다. 실루엣북스의 카테고리 라인은 미국의 정서를 반영하는 미국 작가들 중심으로 꾸려졌다. 그리고 마초 같은 느낌에서 벗어난 남자 주인공과 더 이상 나약하지 않은 여자 주인공 캐릭터를 만들었다. 또한, 현실적인 문제나 현재적인 사안에 대한 관심을 고려하고 반영했다.

로맨스 장르에서의 이러한 변화는 독자들에게 통했다. 점차 자유롭게 진보해가는 여성들의 삶이나 사회적 변화를 반영하듯이 전통적인 로맨스 장르의 보수성에서 벗어나고자 하는 독자들이 많았던 것이다. 실루엣북스가 확장시킨 이 새로운 시장에 할리퀸은 지대한 관심을 보였다. 결국 1985년 할리퀸은 실루엣북스를 합병했다. 이를 통해 할리퀸은 영미권 전역에서 가장 큰 규모의 로맨스 시장을 확보한 출판사가 되었다.

1980년대 중후반까지 로맨스 시장은 계속 성장한다. 이 기회의 땅에 델이나 밴텀 그리고 버클리/조브 같은 거대 출판사들이 뛰어들었다. 델은 '캔들라이트Candlelight'라는 카테고리 로맨스 라인을 출간했고, 밴텀은 '러브스웹트Loveswept', 버클리/조브는 '세컨드 챈스 앳 러브Second Chance at Love'라는 카테고리 로맨스 라인을 론칭했다. 카테고리 로맨스는 시대적 변화에 그렇게 민감한 편이라고 볼 수 없다. 기존에 형성된 독자들의 취향을 유지하는 편을 선호하는 것이다. 그러나 1980년대 새롭게 소개된 카테고리 라인은 시대적 변화의 반영을 원하는 독자들의 요구를 충분히 수용했다.

순결한 처녀가 강인한 힘을 가진 마초 남성의 매력에 휩

싸여 강렬한 첫경험을 하고 불안을 겪다가 서로의 마음을 확인한 후 결혼 같은 지속적인 관계에 정착하면서 해피엔딩을 맺는 방식은 여성의 자유와 권리가 명확히 증대되고 있는 사회적 분위기와는 잘 맞지 않았다.

이러한 변화에 대해 할리퀸은 신중하고 보수적으로 대응했다. 하지만 1980년대 실루엣북스나 로맨스 시장에 새롭게 뛰어든 출판사들은 이러한 시대적 변화를 간파하고 이에 대응하는 새로운 카테고리 로맨스 라인을 출간했던 것이다. 실루엣북스는 '디자이어Desire'라는 라인을 론칭하면서 매달 90~100%의 매출을 달성했다. 델의 임프린트 캔들라이트는 '엑스터시Ecstasy'라는 라인을 출간했는데, 여기에서 출간된 조앤 홀(필명 아미 로린)의 작품 『최고로 고귀한 남자』는 처녀가 아닌 여주인공이 등장했다. 이러한 새로운 카테고리 로맨스 라인은 로맨스 장르에 큰 흥미를 느끼지 못했던 독자들을 끌어들였다.

장르의 경계를 넘어선 로맨스

1980년대 로맨스 시장의 팽창은 다양한 독자들의 취향을 반영해줄 것을 요구받았다. 로맨스 시장은 포화 상태에 이르렀고, 이러한 정체를 타개하는 작가들은 대부분 고전적인 로맨스 장르의 경계를 넘어선 작가들이었다. 카테고리 로맨스의 제한적인 조건에 대한 변화 요구는 다양한 서브 플롯을 활용하는 싱글 타이틀 로맨스의 성장으로 이어졌다.

남녀 주인공의 캐릭터 또한 다양한 변주를 보여주었다. 아름답기만 했던 주인공들은 못생겨지기도 했고, 남자 주인공의 성격은 부드러워지고, 여자 주인공의 성격은 더욱 강인하고 발랄해졌으며, 나이가 40대로까지 설정되기도 했다. 영미권 백인이 주를 이루었던 로맨스에서 흑인 및 라틴계 인물들이 주인공으로 등장하기 시작하며, 이성애 소재 외에도 동성 간의 사랑을 다루는 작품도 점차 선보이고 있다.

로맨스의 소재도 다양해졌다. 두 사람의 사랑 이야기가 이야기의 주요 플롯을 이루고 해피엔딩으로 끝나면 된다는 로맨스 장르의 유연한 장르 관습은 여타 장르와 쉽게 혼합할 수 있는 장점을 가졌다. 로맨스는 SF나 판타지의 세계를 차용하기도 하며, 미스터리나 스릴러, 서스펜스물의 장르 관습 속에서 사랑 이야기를 펼쳐내기도 한다. 코미디와 결합한 로맨스 또한 점점 늘어나고 있는 추세이다.

이런 모든 변화 중에서도 현재 가장 두드러진 현상은 에로틱 로맨스의 약진이다. 할리퀸은 1984년부터 할리퀸 템테이션Harlequin Temptation 라인을 통해 관능적인 로맨스를 선보였다. 그중에서도 '블레이즈'는 가장 성적 수위가 높은 일부 소설에 부여되는 마크였다. 그런데 할리퀸 템테이션은 2005년에 할리퀸 블레이즈에 주도권을 빼앗기고 종간된다. '블레이즈' 마크가 찍힌 소설이 시장에서 더욱 매력적이었던 것이다.

할리퀸 블레이즈는 커플의 관계가 발전하면서 서로에 대한 사랑을 확인하는 것 외에 육체적 관계 발전에도 비중을 둬야 한다. 러브신에 대해서 자세히 묘사해야 하며 높은 수준의 성적 판타지가 표현되거나 강한 관능성이 작품의 전반적인 분위기를 이끌고 가야 한다. 할리퀸 템테이션을 잠식하고 그 자리를 차지한 할리퀸 블레이즈의 출현은 에로틱 로맨스 시장이 21세기 이후로 얼마나 확장되고 있는지를 잘 보여주는 대표적인 예이다.

에로틱 로맨스 시장의 무한한 확장

흔히 '에로티카Erotica'라고 불리는 에로틱 로맨스 시장의 무한한 가능성을 확인시켜준 것은 바로 『그레이의 50가지 그림자』의 대성공이다. 일명 '그레이 시리즈'라고 불리는 이 작품은 에리카 레너드 제임스라는 필명으로 활동하는 영국 여성 작가가 쓴 3부작 소설이다. 『그레이의 50가지 그림자』는 'BDSMBondage and Discipline, Domination and Submission, Sadism and Masochism(구속과 순종, 사디즘과 마조히즘이 뒤섞인 성생활)'이라는 상식적으로 편안하게 받아들여지지 않는 성생활의 측면을 소설의 주축으로 하면서 포르노가 아닌 로맨스의 영역에서도 성적 모험과 탐구를 즐기는 잠재 독자들이 존재함을 증명했다. 로맨스를 즐기는 독자들의 관심이 낭만적 사랑에만 머무르지 않고 육체적 관계를 바탕으로 하는 성性에까지 확장되고 있는 것이다.

『그레이의 50가지 그림자』는 2010년에 호주의 전자책 전문 출판사 라이터스 커피숍에서 전자책으로 출간된 이후 2만 5천 부가 넘는 판매량을 기록했다(독자 주문으로 제작된 포켓북 부수 포함). 또한, 2012년 4월 랜덤하우스의 자회사 빈티지에서 단행본을 출간한 지 두 달 만에 영어권에서만 약 2천만 부가 팔렸다. 이후 전 세계에 번역되어 소개되며 전 세계적인 베스트셀러의 자리에 올랐다.

'그레이 시리즈'의 인기는 '엄마 포르노Mommy Porno'라고 불리기도 하는 이 소설의 별칭에서도 알 수 있듯이 여성의 포르노 소비가 증가하는 사회적 현상과 맞물려 있다. 하지만 단지 이 작품을 포르노의 관점에서만 접근할 수는 없다. 성행위에 대한 파격적 묘사와 상식적인 기준을 넘어선 성행위를 시각적으로 대상화하여 접근하는 포르노의 방식으로는 여성 독자를 매혹시킬 수 없기 때문이다. '남자의 포르노, 여자의 로맨스'라는 말로 대변될 수 있듯이, 여성의 성적 감각을 자극시키는 것은 남성들이 즐기는 포르노의 형식과는 조금 다르다. 『그레이의 50가지 그림자』가 성의 문제를 포르노그라피의 수준과 유사하게 노골적이고 파격적으로 다루면서도 여성 독자들의 관심을 끌 수 있었던 이유는 이 작품의 기본적인 구도가 로맨스의 형식을 따르고 있기 때문이었다.

'그레이 시리즈'는 대학 졸업반인 아나스타샤 스틸이 우연한 기회에 아름다운 능력남 크리스찬 그레이를 만나 사랑을 확인하고, 결혼을 하며, 위기를 극복한 후 안정적인 결혼생활을 누리는 과정을 담아내고 있다. 여주인공 아나스타샤는 평범한 외모를 가졌지만 똑똑하고 현명하며 무엇보다도 처녀이다. 남주인공 크리스찬은 제멋대로에 고집이 세며 무뚝뚝하고 폭력적이거나 공격적인 기질도 보이지만 내면에 상처를 간직한 캐릭터이고, 이 상처에 접근해 위로해줄 수 있는 사람은 아나스타샤밖에 없다. 크리스찬은 아나스타샤에게 첫눈에 반하며, 아나스타샤로 인해 변화하며, 아나스타샤 없이는 살 수가 없다. 아나스타샤도 크리스찬에게 본능적으로 끌리며, 상대의 진심을 파악하지 못해 불안하기는 하지만 사랑을 믿고 성적 모험에 뛰어든다. '그레이 시리즈'는 아나스타샤가 성적 모험 속에서 느끼는 불안과 환희 그리고 고통과 기쁨을 아나스타샤의 관점으로 그려낸다. 섹스는 사랑을 확인하는 과정의 일부일 뿐이다. 이처럼 '그레이 시리즈'는 전통적인 로맨스 장르 속에서 성의 문제가 어떻게 영역을 확장하고 있는지를 보여주는 작품이다.

로맨스의 독자들은 흔히 연애와 결혼에 대해 고민하고 소통하는 과정에서 자아를 인식하고 정체성을 확인한다. '그레이 시리즈'는 로맨스를 통해 자아 정체성을 탐구하는 독자들이 섹스에 대해서도 문제 삼고 있음을 보여준다. 현대 여성들에게 사랑은 단순한 감정의 교감을 넘어서는 행위가 된다. 여성들은 사랑을 통해 자신의 존재 가치를 인정받고, 안정적인 감정의 교류도 나누어야 하지만, 무엇보다도 상대방과의 교감을 섹스를 통해 확인하고 이 과정에서 자신의 매력과 존재 가치를 새롭게 인정받기도 해야 한다.

파트너와의 사랑을 확인할 수 있는 섹스는 어떤 방식으로 이루어지는가, 어떤 행위들을 통해 더 나은 교감을 이룰 수 있는가, 무엇을 하면 자신의 매력과 가치를 인정받을 수 있을까 등등의 고민이 사랑을 실천하고자 하는 여성들의 머리에서 떠나지 않는 문제가 된다. 그렇기 때문에 성性의 영역은 이제 로맨스가 새롭게 추구해야 하는 탐구의 영역이 되었다. '그레이 시리즈'는 로맨스가 현대적인 사랑의 실질적인 고민을 해결하기 위해 나아가는 새로운 방향을 명확하게 보여주었다.

'그레이 시리즈'는 로맨스의 주제를 두 사람 사이의 성적 취향의 문제로까지 확장시켰다. 내용의 확장과 현대적 사회상의 적확한 반영이라는 점에서도 '그레이 시리즈'는 로맨스 장르의 역사에 한 획을 그었다 할 만하다. 그러나 '그레이 시리즈'의 업적은 이것에 그치지 않는 것 같다. '그레이 시리즈'는 상업적 출판 시장에서 로맨스의 생산 방식이 새롭게 전환하고 있음을 극명하게 보여주었다.

『그레이의 50가지 그림자』는 2009년 스테프니 메이어의 뱀파이어 소설 홈페이지에 개설된 팬 픽션fan fiction 게시판에 연재되었다. 스테프니 메이어는 인간 여성 벨라와 뱀파이어 청년인 에드워드와의 사랑 이야기를 판타지 형식과 결합하여 그려낸『트와일라잇』의 저자이다. 그녀의 홈페이지에는 『트와일라잇』에 대한 감상이나 비평 그리고 의견 교류의 공간도 존재했지만, 팬들이 직접 자신이 쓴 작품을 올려서 비슷한 취향을 가진 홈페이지 방문자들의 반응을 확인할 수 있는 공간도 존재했다. '그레이 시리즈'의 저자는 이 게시판에 '세계의 지배자Masters of Universe'라는 제목으로 자신의 작품을 처음 공개했다. 하지만 연재가 거듭될수록 노골적 성 묘사에 거부감을 표현하는 사람들로 인해 연재 게시판을 저자 개인의 웹사이트로 옮길 수밖에 없었다.

그런데 2010년 주문형 페이퍼백 및 전자책 출판사인 라이터스커피숍이 이 작품을『그레이의 50가지 그림자』라는 제목의 전자책으로 출간한다. 라이터스커피숍은 고전적인 마케팅 방식인 미디어 노출이나 가판대 전시 방법 등을 통하지 않고 전파성이 높은 소셜 미디어와 블로그 등을 활용하여 마케팅 전략을 펼쳤다. 책의 내용 자체가 가진 신선함과 전자책이라는 새로운 출판 형식 그리고 소셜 미디어를 통한 판매 전략이 잘 맞아떨어져서 '그레이 시리즈'는 큰 성공을 거두었다. 전통적인 종이책 출판사와 계약을 맺고 출간이 이루어진 것은 그 이후의 일이다.

기존의 로맨스 시장은 상업적인 출판사들의 편집 방향에 따라 작품의 내용이 결정되었고, 작품들은 종이책으로 출간되었으며, 출판사들의 전통적인 판매 방식에 따라 유통되었다. 하지만 '그레이 시리즈'는 특정한 취향을 가진 사람들이 모이는 홈페이지의 팬 픽션 게시판과 전자책 출판사의 플랫폼을 통해서 독자들의 피드백을 받으며 형성되고 다듬어진 작품이지, 출판사의 편집 기획에 따라 이루어진 작품은 아닌 것이다. 이 지점에서 인터넷 공간을 통한 소설 창작이 로맨스 시장을 이끌어가기 시작했음을 알 수 있다. 인터넷을 활용한 창작은 작가와 독자의 쌍방향적 소통을 촉진시키며, 작가가 독자의 취향을 적극 반영하게 할 것이다.

강도 높은 성적 표현을 담고 있는 '그레이 시리즈'가 독자들에게 쉽게 퍼져나갈 수 있었던 이유 중 하나로 전자책 형태로 출간된 것을 들 수 있다. 전자책은 책표지와 내용이 타인에게 쉽게 노출되지 않기 때문에 지하철 같은 공공장소에서도 편하게 읽을 수 있고, 공개된 장소에서도 거리낌 없이 책을 열어볼 수 있다. 또한, 접근성이 용이하며 판매 방식이 면대면face to face 방식이 아니기 때문에 서점에서 책을 사고 계산할 때의 민망함을 피할 수도 있다. 이렇게 자신의 은밀한 취향을 들키지 않으면서도 내밀한 욕망을 충족시킬 수 있게 하는 전자책은 출판 시장의 판도에 변화를 가져왔다.

장르 문학에 대한 소비가 늘어난 것이다. 그중에서도 로맨스 장르의 소비가 두드러지는데, 로맨스 장르 중에서도 그동안 타인의 시선 때문에 쉽게 구입하지 못했던 에로틱 로맨스 소설에 대한 구매가 증가했다. '그레이 시리즈' 또한 전자책으로 유통되었기 때문에 많은 독자들에게 광범위하게 퍼져나갈 수 있었다.

'그레이 시리즈'를 통해 우리는 로맨스 출판 시장의 변화와 발전 방향을 짐작할 수 있다. 이제 로맨스의 창작과 생산은 출판사에 의해 일방적으로 결정되지 않을 것이다. 작가들은 인터넷 블로그나 팬 픽션 게시판 등을 통해 작품을 연재할 것이고, 이러한 방식은 로맨스 작가로의 진입 장벽을 낮출 것이다. 출판사 편집자의 기준에 의해 로맨스 작가가 만들어지는 것이 아니라 독자들의 활발한 피드백과 입소문을 통해 로맨스 작가의 위치에 올라갈 수 있을 것이다. 이러한 창작 환경의 변화는 작가와 독자의 쌍방향적 소통을 촉진시키며, 독자들의 욕망과 취향이 적극적으로 반영되는 결과를 낳을 것이다. 또한, 로맨스 장르를 포함한 여러 장르 문학들은 전자책의 형식으로 출판되면서 사회적 시선이나 규율로 인해 조심스럽게 다루어졌던 영역들을 새롭게 개척할 수도 있을 것이다. 이러한 새로운 영역의 개척이 로맨스 시장에 활력을 불어넣을 수 있을 것이다.

4

한국의 로맨스와
로맨스 장르의 가능성

네이버 웹소설 베스트 리그 10위까지의 순위에서 로맨스물
은 약 60%를 차지하고 있다. 웹소설에서 보여주는 로맨스
의 강세는 사실 그리 놀랍지 않다. 한국의 대중문화, 특히 서
사가 기반이 된 대중물의 가장 큰 특징은 바로 연애 이야기
가 주를 이룬다는 것이기 때문이다. 한국의 대중문화를 이
끌어 온 것은 연애물이라고 해도 과언이 아니다. 시대의 변
화에 따라, 새로운 매체가 등장할 때마다, 그 매체를 가장 대
중적으로 확산시키며 안정적으로 정착시킨 방법은 연애 이
야기가 주를 이룬 콘텐츠를 활용하는 것이었다.

　근대적 인쇄 매체의 확산과 더불어 근대 소설이 탄생하
였을 때, 신문에 연재되는 소설에 대한 대중의 관심과 호응
을 가장 확실하게 확인시켜준 작품은 심순애와 이수일의 이
야기인 조중환의 『장한몽』(1913)과 이광수의 『무정』(1917)

이었다. 『장한몽』과 『무정』은 모두 소위 삼각관계를 기본으로 한 작품이었다.

무성영화 최초의 흥행작도 하야카와 고슈 감독의 〈춘향전〉(1923)이었고, 최초의 유성영화도 이명우 감독의 〈춘향전〉(1935)이었다. 영화라는 매체가 처음 등장했을 때, 소리가 나는 영화에 대해 사람들이 이질감을 느끼며 거부할 때, 그 새로운 매체를 친숙하게 느낄 수 있도록 했던 것이 바로 『춘향전』이라는 텍스트였다. 〈춘향전〉의 성공은 전통적 텍스트에 대한 친밀감이 주요하게 작용한 결과라고도 할 수 있다. 하지만 1960년대 한국 영화의 흥행 신화가 시작된 것도 신상옥 감독의 〈성춘향〉(1961)부터였다는 것을 생각한다면, 『춘향전』이라는 텍스트가 단순히 고전이기 때문에 관객이 몰리지는 않은 것 같다. 시대의 변화에도 끊임없이 소환되어 각색되는 『춘향전』은 여타 고전 텍스트와는 다른 매력이 있었던 것이다. 그것은 바로 연애의 시련과 사랑의 승리를 다루는, 연애물의 기본적인 서사 구조를 가지고 있기 때문이었다. 이렇게 영화라는 매체가 대중들에게 손쉽게 다가갈 수 있도록 한 콘텐츠는 연애 서사를 바탕으로 한 『춘향전』이었다.

텔레비전 드라마가 단막극에서 벗어나 연속극의 형태로 정착할 수 있는 계기를 마련해준 작품은 1970년에 동양 TV에서 방영한 임희재의 〈아씨〉였다. 이 또한 멜로드라마로 분류되는 작품이다. 1930년대부터 당대까지를 살아낸 한 여인의 수난사를 그리고 있으며, 그 속에서 남편과 애인과의 사랑과 갈등에 대한 이야기를 풀어냈다. 이처럼 연애와 사랑의 이야기가 바탕이 된 콘텐츠들은 새롭게 등장한 매체들을 안정적으로 정착시키는 데 큰 역할을 했다. 이는 연애물이 한국 대중들의 감성을 그만큼 잘 반영하고 있다는 것을 증명한다.

근대의 시작에서부터 현재에 이르기까지 한국에서 로맨스물의 강세는 여전하다. 텔레비전 드라마나 영화의 영역에서는 추리나 스릴러 그리고 판타지물의 문법이 점점 증가하고 있다. 하지만 아직도 이야기의 중심을 남녀 주인공의 연애 관계 진전에 두는 경우가 많다. 그리고 장르 문학의 영역으로 넘어오면 여전히 장르 문학을 주도하는 대부분의 독자들은 로맨스물의 독자이다. 한국에서 사랑과 연애에 대한 이야기는 왜 이토록 큰 인기를 얻는 것일까. 그리고 이러한 연애물의 강세는 언제부터 시작된 것일까.

연애와 근대적 주체의 탄생

'연애戀愛'라는 단어는 근대가 시작된 이후 수입된 개념이었다. 각각 따로 쓰이던 '연戀'과 '애愛'라는 한자어가 같이 조합되어 쓰인 것은 1910년대에 이르러서였다. 조선총독부의 기관지 《매일신보》에 연재된 번안소설 『쌍옥루』는 연애라는 용어가 등장하는 가장 첫 장면을 보여준다.

오정당은 청년남녀의 연애라 하는 것은 극히 신성한 일이라고 가르쳐 주어 아무쪼록 경자로 하여금 남녀의 애정이라 하는 뜻을 깨닫도록 힘을 쓰니…

『쌍옥루』는 일본의 작가 기쿠치 유호가 1899년《오사카 매일신보》에 연재한 가정소설『나의 죄르가罪』를 번안한 것이다. 이 번안 과정에서 일본에서 사용되던 연애라는 개념이 식민지 조선에 소개된 것이다.

여기서 설명되는 연애라는 개념은 일상에서 흔히 알던 남녀간의 사랑과는 느낌이 다른 것이었다. 조선시대에 가능하였던 사랑의 관계는 임금에 대한 연모나 기생과의 교류가 주를 이루었다. 임금에 대한 사랑은 당연히 충성을 바탕으로 한 감정이나 관계를 의미하는 것이었고, 기생과의 사랑은 애틋함이나 그리움과 같은 서정적 감정을 포함하기는 하지만 기본적으로는 육체적 관계를 전제하는 것이었다. 조선시대 남녀 간의 관계에서 연戀이나 애愛가 가능하려면 육체적 관계가 기본이 되어야 했다.

그러나 근대 사회가 시작되면서 도입된 연애는 남녀 간의 육체적 관계에 초점을 맞추지 않았다. 근대가 시작되면서 연애와 사랑에서의 강조점은 '신성'으로 표현되는 정신적인 영역으로 옮겨간다. 사랑은 단순히 몸을 나누는 동물적인 어떤 것이 아니라, 정신적인 합일과 교감을 통해 현실을 넘어설 수 있는 신성한 어떤 것이 된다.

연애와 사랑에서 정신적인 측면이 강조되면서 연애는 근대적 주체를 탄생시킬 수 있는 주요 동력으로 인식되었다. 1910년대 중반 즈음 연애라는 개념이 도입된 이후 1920년대에 이르면 이른바 연애 열풍이 몰아닥쳤다. 연애를 하지 않는 자나 연애를 해보지 못한 자는 근대적 지식인이라 할 수 없었던 시대가 1920년대였다. 지식인들뿐만 아니라 근대적 교육을 받거나 근대적 직업을 가진 누구나가 근대인이 되기 위해서는 연애를 해야 한다고 생각했다. 연애는 이처럼 근대인이 되기 위한 필수적인 경험으로 여겨졌다.

그렇다면 왜 연애를 통해서만 근대인이 될 수 있다고 생각했던 것일까. 연애가 단지 육체적인 관계 맺기에만 그치지 않고 정신적이고 감정적인 고양과 합일을 지향할 때, 연애는 근대적 주체의 내면을 형성할 수 있는 힘을 갖추게 된다. 사랑이란 대상에 대한 단순한 매혹만은 아니다. 어떤 대상을 발견한 순간부터 형성되는 내면의 자발적 열정이기도 하다. 누군가를 사랑하게 되면 삶이 들뜨기 시작한다. 이러한 들뜬 기분, 그것은 자신의 내면에서부터 고양되고 충만되는 삶의 에너지인 것이다. 그 에너지는 내가 사랑하는 대상의 마음에 들기 위해, 그리고 그 대상과 함께 하기 위해, 나의 삶을 자발적으로 변화시키게 만든다. 그럴 줄 몰랐던 내가 사랑을 하게 되면서 그 사람을 만나기 위해 아침에 일찍 일어나고, 몸단장을 깨끗하게 하기 시작하며, 읽지 않던 시집을 읽으면서 감동을 받는다. 사랑의 힘은 주체를 변화시킨다. 그리고 그 변화는 한 개인의 내면에서 자발적으로 선택하는 변화이다. 사랑의 힘은 표면적으로는 내가 사랑하는 대상에 의해 좌지우지되는 것, 즉 외부적인 계기에 의해서 주어지는 것 같다. 하지만 그것의 근본적인 동력은 나의 마음이 스스로 고양되는 것, 즉 내부적 열정에 의해서 마련되는 것이다.

연애를 통해 고양되는 내부적 열정은 '나'라는 개인이 다른 사람과는 구별된 주체라는 것을 발견하게 한다. '그 사람'을 사랑하는 '나'는 그 사람을 사랑하지 않는 '너'와 '그'와는 구분되는 존재인 것이다. 이것이 근대인이 되기 위해 처음으로 갖춰야 하는 '개인의 발견'이다.

게다가 사랑을 통해 발견된 개인은 수동적인 개인이 아니라 자발적이고 주체적인 개인이다. 이 개인은 사랑하는 사람의 마음에 들기 위해 자발적으로 삶의 방식을 변화시킬 뿐만 아니라, 자신들의 사랑을 방해하는 사회적인 구습을 타파하려고 스스로 노력한다. 이렇게 스스로의 감정에 충실하여 주체적으로 삶을 개조하며 사회를 변화시키려는 노력을 하는 인간이 바로 근대가 원하는 바람직한 근대인의 모습이었다.

근대 초기 사랑에 대한 열정은 이러한 자발적이고 주체적인 근대인의 모습을 스스로 발견하게 하여 주는 중요한 감정이었다. 그렇기 때문에 근대 초기 조선인들은 연애의 경험을 통해 근대적 주체로 거듭나기를 동경했다.

근대적 사랑과 연애에 대한 열망과 동경은 연애의 문제를 예술과 문학의 중심 주제로 설정하게 했다. 한국 최초의 근대 소설이라 일컬어지는 춘원 이광수의 『무정』은 구세대의 표상인 기생과 신세대의 표상인 여학생 사이에서 갈등하는 남자 주인공의 애정 갈등을 중심으로 하고 있다. 번안 소설이기는 하지만 한국의 근대적 장편 소설의 구조를 정착시켰다고 평가받는 일재 조중환의 『장한몽』은 여자 주인공 심순애가 어릴 때부터의 정혼자인 이수일과 부유한 신랑감 김중배 사이에서 누구를 택할지를 고민하는 내용을 중심으로 전개된다. 일제강점기의 대표적 민족정론지인 《동아일보》 최초의 창작 연재소설인 나도향의 『환희』(1922) 또한 삼각관계에서 고민하는 영철과 선용의 각각 다른 애정 갈등을 다루고 있다. 이와 같이 일제강점기 근대적 문학을 즐기는 사람들에게 가장 대중적으로 다가갔던 신문 연재소설 중 대부분은 연애소설이었다.

연애소설은 1930년대에도 그 위력을 발휘했다. 1930년대는 상업적인 대중문화가 정착되기 시작한 때였다. 또한, 스스로를 '통속소설 작가'라고 지칭하는 작가가 등장하여 대중의 취향을 고려한 작품들을 활발하게 창작하기 시작했던 시대이기도 했다. 김말봉은 자신의 작품을 대중의 흥미를 고려한 통속소설이라 인정했다. 김말봉의 『찔레꽃』은 가난한 여학생 정순이 은행가 조만호의 집에 가정교사로 들어가면서 생기는 사랑의 오해와 갈등을 그리고 있다. 가정교사 정순은 그 집 주인 조만호와 그의 아들 조경구의 사랑을 동시에 받으며 약혼자 이민호의 오해를 산다. 조만호의 탐욕적인 사랑 공세로 인해 이민호는 결국 정순이 자신을 배신했다 판단하고, 복수를 위해 조만호의 딸 조경애와 약혼을 감행한다. 이리하여 끝내 정순과 민호의 사랑은 이루어지지 못한다. 이처럼 사랑을 둘러싼 오해와 갈등을 중심으로 전개되는 연애소설 『찔레꽃』은 김말봉의 대표작이자 1930년대 최고의 베스트셀러였다.

사실 한국에 근대적 문화가 형성된 이래로 한국의 대중적인 문화의 주류는 연애물이었다고 해도 과언은 아니다. 다만 이 연애물은 역사적 변화에 따라 그 명칭을 달리하며 다양한 특성을 드러냈다. 덧붙여서 이러한 역사적 과정 속에서 주를 차지했던 연애물은 현재 장르문학의 하나로서 로맨스물이 독자적인 영역을 구축하기 전의 모습이었다. 현재 우리에게 익숙한 장르문학으로서의 로맨스는 1980년대 대중적으로 유통·확산되었다고 보아야 한다. 그렇다면 그 이전에 연애물의 취향을 담당했던 것은 무엇이었을까. 그리

고 연애물을 대표하는 장르 혹은 대표하는 명칭은 무엇이
었을까.

현재의 로맨스물과 기본적인 사항을 공유하면서 로맨스
형성에 영향을 미쳤던 역사적인 문화 양식은 신파 혹은 멜
로드라마 또는 통속이라는 코드로 지칭되었던 양식들이다.
일제강점기에는 통속소설이나 신파극 같은 명칭을 달고 소
개된 작품들이었다. 1950년대부터 할리우드 문화가 본격
적으로 수입되면서 멜로드라마라는 용어가 대중화되고, 이
에 따라 멜로드라마 양식의 작품들이 여성 관객들의 감성
을 자극했다. 이 양식들은 대중적인 유흥이나 오락을 위해
소비되는 문화였다. 그중에서도 특히 여성들의 취향에 초점
을 맞춘 콘텐츠가 제공됐는데, 연애와 사랑의 고민과 갈등
을 풀어낸 서사를 기본 구조로 가지고 간다는 점에서 로맨
스 취향의 근간을 이루었다.

1930년대의 신파극과 통속소설

일제강점기 특히 1930년대 연애물은 흔히 통속소설이나 신
파극의 형태로 나타났다. 신문에 연재되는 장편 소설들 중
에서도 비극적 연애를 주된 서사로 하면서 센티멘털한 감상
을 자극하는 작품들은 대부분 '통속적'인 통속소설로 평가
받았다. 이러한 감상성을 노골적으로 드러내며 대중 관객을
끌어들였던 극이 신파극이다. 통속소설이나 신파극은 모두

한 여성을 중심으로 하여 일어나는 연애와 사랑 그리고 결혼의 비극을 감상적으로 드러내 눈물을 흘리게 한다는 점에서 저급한 예술로 평가받기도 했다. 하지만 근대적 연애 서사를 한국적인 방식으로 전유하면서 연애와 사랑에 대한 한국 대중들의 욕망을 잘 반영하고 있다는 점에서 역사적 의의가 높은 장르이기도 하다.

통속소설은 대부분 신문에 연재되었기 때문에 문자 해독이 가능한 여학생들이나 신여성들이 쉽게 접근할 수 있었다. 그래서 이들의 취향을 반영하여 세련된 도회 문화와 생활 속에서 일어나는 연애와 사랑의 문제에 집중했다. 대부분은 경제적 어려움을 겪지만 순정과 순결을 간직한 여성들이 돈이 많은 부자의 관심을 받는 바람에 사랑하던 연인 사이에 오해가 생기고, 두 남자 사이에서 시달리다가 정작 자신이 사랑하는 남자와는 사랑을 이루지 못한다는 이야기가 기본을 이룬다. 신데렐라 스토리를 바탕으로 한 삼각관계이지만, 주인공들이 끝내 사랑을 이루지 못한다는 점에서 현대의 로맨스와는 약간의 차이를 보인다.

신파극 또한 도시의 근대적 극장에서 공연되었던 대중문화 중 하나이다. 작가군, 배우 그리고 극장에 이르기까지 모두 근대적 도회 문화를 제도적 기반으로 삼고 있었다. 그러나 신파극의 관객층은 여학생이나 신여성보다는 기생이나 가정부인이 주를 이루었다. 글을 알아야 접근할 수 있는 소설보다는 진입장벽이 낮았기 때문에 충분히 교육받지 않은 사람들도 쉽게 즐길 수 있었던 것이다. 주부나 기생 그리고 구식 부인들을 주 대상층으로 하고, 지방 순회공연도 돌았던 신파극은 기생이라는 신분 때문에 어쩔 수 없이 포기해야 했던 사랑이나 시부모와의 갈등 등으로 빚어지는 주부들의 인생 비애를 보여주었다.

〈사랑에 속고 돈에 울고〉 같은 작품이 이 시대 신파극의 대표적인 레퍼토리였다. 오빠의 학비를 마련하기 위해 기생이 되었던 홍도는 오빠의 학교 친구와 사랑에 빠져 결혼을 한다. 하지만 시어머니는 기생 출신 며느리가 못마땅하고, 자신의 결혼 상대를 빼앗았다고 생각하는 여학생 혜경도 홍도를 이혼시키고 싶어 한다. 결국 시어머니, 혜경 등은 홍도가 남편이 유학 간 동안 홍도가 다른 남자를 만난 것처럼 음모를 꾸민다. 이 사실을 곧이곧대로 받아들인 홍도의 남편은 홍도를 내쫓고 혜경과 결혼한다. 절망의 끝에 선 홍도는 전 남편과 혜경의 결혼식장으로 찾아가 혜경을 칼로 찌른다. 스스로 죄를 짓고 살인범이 된 홍도는 경찰이 된 친오빠의 손에 이끌려 감옥으로 간다. 어쩔 수 없는 자신의 처지 때문에 사랑하는 사람과 세상으로부터 버림받았다는 느낌, 이미 세상에서 버려진 몸이니 차라리 진짜 죄를 짓자는 심정으로 절망의 구렁텅이로 빠져 들어가는 태도, 이 모든 것이 신파극의 전형을 이루었다.

일제강점기의 통속소설이나 신파극은 향유층이 조금씩 달랐지만 사랑의 실패와 비극을 다루는 센티멘털한 감상성을 바탕으로 하고 있다는 점에서 기본적인 분위기를 공유했다. 특히 순정을 간직한 여성들의 사랑이 사회의 폭력적인 힘 때문에 이루어지지 못한다는 점에서 절망적인 시대를 무기력하게 살아가던 당대 대중들의 감성을 크게 자극했다. 이때 사랑의 서사는 소위 나쁜 여자들이 자신의 욕망을 충족시키기 위해서 순수한 청년과 호탕한 부자 사이를 왔다 갔다 하는 선택과 갈등의 삼각관계로 그려지지 않았다. 그것보다는 순수한 청춘남녀의 사랑이 타락하고 부패한 사회의 폭력적인 모습 때문에 좌절되는, 사랑과 방해의 서사를 기본으로 했다. 이렇게 순결한 주체는 순수한 사랑을 나누고 싶으나 사회가 방해한다는 연애물의 전형적인 서사를 통해 순수한 사랑에 대한 동경과 열망을 가졌던 당대 대중들의 욕망과 낭만, 그리고 현실 속에서는 그러한 사랑을 이룰 수 없다는 좌절과 절망을 읽어낼 수 있다.

1960년대의 모성 멜로드라마

비극적 사랑의 이야기는 1990년대까지 계속 이어지는 한국 연애물의 전형적 특징이라 할 수 있다. 눈물의 정조와 과잉된 감정이 바탕이 된 한국적 연애물의 특징은 일제강점기의 '신파', 해방 이후의 '멜로드라마'라는 용어를 통해 잘 드러난다. 멜로드라마는 1950년대 후반부터 신파를 대체하면서 사랑 이야기의 대표적인 개념으로 유통되었다. 멜로드라마는 일단 해방 이전에 통용되던 신파와 거리를 유지하기 위해 선호되었던 용어였다. 신파가 구식 느낌의 촌스럽고 청승맞은 작품들을 의미했다면, 멜로드라마는 신식 느낌의 세련된 작품들을 지칭했다.

그중에서도 특히 1950년대 후반 이후 문화의 중심으로 부상하기 시작한 영화와 관련된 용어로 자주 쓰였다. 멜로드라마는 형식면에서 신파와의 차이를 부각시켰다. 신파가 우연에 구성한 서사, 지지부진한 전개, 단순한 편집 기법 등으로 인식되었다면, 멜로드라마는 미국 할리우드 영화의 속도감 있는 이야기 구성과 세련된 편집 기법이 사용된 영화를 일컫는 용어로 인식되었다.

하지만 사실 그 내용면에 있어서는 신파와 멜로드라마는 큰 차이를 보이지 않았다. 다만 멜로드라마는 해방 이전의 통속소설과 신파극의 내용적 특징을 모두 흡수했다. 즉, 사회적 굴레 속에서 벗어나지 못하는 개인과 사회적 억압으로 자신의 욕망을 포기할 수밖에 없기 때문에 생겨나는 비극적 사랑을 그리거나, 한 여인의 인생 수난사를 결혼이나 가족 간의 관계를 중심으로 그려냈다. 이 중에서도 한국 멜로드라마의 전성기인 1960년대에 가장 인기를 끌었던 내용은 여성 수난사와 관련된 작품들이었다.

영화계를 중심으로 멜로드라마 붐이 일었던 1960년대 한국 멜로드라마의 가장 큰 특징은 흔히 '모성 멜로'라 불리는 작품들의 흥행이다. 정소영 감독의 〈미워도 다시 한 번〉(1968)이라는 모성 멜로의 대표작은 36만 명 이상의 관객을 동원하며 한국 멜로드라마의 전형으로 인식되었다. 여주인공 혜영은 사랑하는 남자인 신호가 유부남이라는 것을 알고 그의 가정을 위해 신호를 포기하기로 결심한다. 하지만 혜영은 신호의 아이를 임신한 상태였다. 신호 몰래 아이를 낳아 기르던 혜영은 아이의 장래를 위해 신호에게 아이를 보내기로 한다. 신호의 아내 또한 아이를 잘 기르겠다고 한다. 하지만 아이는 엄마를 그리워하며 거리를 헤매다 길을 잃는다. 신호네 집에서는 아이를 찾아 헤매다가 집 근처에서 울고 있는 아이를 발견하고, 신호는 아이를 크게 혼낸다. 아이의 모습을 먼발치에서나마 보려고 서울에 왔던 혜영은 이 모습을 보고 아이는 엄마 손에서 커야 한다며 아이를 다시 데리고 간다.

모성 멜로는 달콤하고 격정적인 사랑을 그리는 로맨스와는 거리가 있는 장르다. 하지만 당대 성인 여성들의 대부분을 차지하였던 주부층의 취향이 가장 잘 반영된 장르였다. 이는 신파와도 비슷하다. 신파나 멜로드라마 특히 모성 멜로는 모두 사랑을 다루되 가족이나 사회의 굴레 속에서 자신의 사랑과 욕망을 희생하는 이야기를 다룬다. 두 남녀의 사랑이 사회적 관습이나 억압으로 인해 벽에 부딪혔을 때, 사랑하는 남자는 어떤 결정도 내리지 못하고 고민한다. 모든 선택의 열쇠는 여자 주인공에게 넘어간다. 여자 주인공은 자신의 사랑으로 생겨난 문제를 해결하기 위해 자기의 욕망과 사랑을 포기하고 희생하기로 결정한다. 이런 여자 주인공의 희생의 고통과 그로 인한 비애의 정조를 그려내는 것이 1960년대까지의 여성 취향 중심의 연애물이 가진 특징이었다.

흔히 통속소설이라 불렸던 신문 연재소설의 연애물도 이러한 희생과 비애를 그려낸다는 점에서 유사했다. 1950년대 불었던 '자유부인 열풍'을 제외하면 해방 이후에도 대부분의 연애소설은 이루어지지 않는 사랑의 아픔을 그렸다. 정비석의『자유부인』은 가정주부 오선영이 대학생 신춘호에게 춤을 배우면서 점차 가정을 등한시하고 남편 아닌 다른 남성들과 연애를 하는 모습을 그리면서 해방 이후의 화려하고 자유로운 삶의 방식을 보여주었다. 하지만 오선영은 자신의 잘못을 뉘우치고 엄마를 필요로 하는 아들의 곁, 그러니까 가정으로 돌아간다.

『자유부인』의 예외적인 상황을 제외하면 대부분의 연애소설은 사랑의 어긋남, 사랑하는 사람을 위한 희생, 보상받지 못한 상처, 이루어지지 않는 사랑 등 비극적인 정조를 바탕으로 이루어졌다. 김내성의『청춘극장』도 사랑하는 두 연인에게 닥친 비극과 이루어지지 않는 사랑, 그 사랑을 이루어주기 위해서 자신을 희생하는 한 여인의 모습 등이 안타까우면서도 낭만적으로 그려진다. 정비석이나 김말봉 등의 인기 작가들도 비슷한 느낌의 소설을 발표했다.

1970년대로 넘어가면서 최인호를 중심으로 대중들에게 사랑받는 연애물의 느낌이 변화되기는 했다. 그 시대를 살아가는 대학생들의 사랑이 세련된 방식으로 그려졌고, 발랄하고 발칙한 캐릭터들이 등장했다. 하지만 이루어지지 않는 사랑이라는 점에서는 비극적인 정조를 여전히 유지하고 있었다.

1960년대와 1970년대의 대중적 소설과 영화에 나타난 연애물은 로맨스라는 장르가 본격적으로 상품화되어 분화되기 전까지 당대의 연애와 사랑 그리고 결혼에 대한 이야기를 담아내는 역할을 했다. 또한, 당대 여성 독자들의 관심과 흥미를 끌면서 여성 취향 읽을거리의 중심을 차지했다. 이 연애물들은 시대의 변화에 따라 '통속소설', '신파', '멜로' 혹은 '멜로드라마'로 불렸지만, 실상은 형식상의 느낌만 다를 뿐 내용상으로는 비슷한 서사와 분위기를 유지했다. 청춘남녀들의 이루어질 수 없는 사랑을 비극적으로 그리는 이야기이거나, 아내나 어머니로서의 여성이 겪는 수난사를 고통스럽게 그려내는 이야기였다. 이러한 연애물들은 현재의 로맨스, 즉 전형적인 스토리라인에 맞춰 상품화된 로맨스 장르와는 다른 느낌의 작품들이지만 사랑과 결혼이라는 주제를 중점적으로 다루면서 여성 독자들의 관심을 끌어 여성 독자층의 기반을 형성했다는 점에서 현재 로맨스가 형성될 수 있었던 전사前史를 짐작할 수 있게 한다.

새로운 독자의 등장, 하이틴

여성 취향의 독서 시장, 특히 소녀나 여학생 중심의 독서 시장이 특화되기 시작한 것은 1960년대 중반부터다. 이들의 취향은 '하이틴highteen'이라는 용어로 지칭되었다. 하이틴이라는 말은 1960년대로 접어들면서 유행어처럼 등장하기 시작했다.

하이틴은 사전적으로는 15~16세에서 20세 정도까지의 십대 후반의 청소년들을 지칭하는 용어이다. 하지만 1960년대 한국에서의 하이틴은 고등학교 졸업반에 가까운 나이나 고등학교를 갓 졸업한 연령대의 젊은 청년 세대들을 특정하여 가리키는 용어로 쓰였다. 또한, 기성세대와 구분되는 젊은 세대 중에서도 특히 여학생이나 소녀들로 지칭되는 집단을 가리키는 용어로 자주 쓰였다. 하이틴의 헤어스타일에 대한 기사(《동아일보》, 1960년 3월 4일자)는 고등학교를 갓 졸업하고 대학에 진학하였거나 사회생활을 시작한 여학생들을 위한 미용 강좌였다. 사회에 적응하지 못하고 방황하는 하이틴들의 실태를 조사하는 기사(《경향신문》, 1962년 7월

8일자) 또한 여학생들의 집단 가출이나 소녀들의 연쇄 자살 사건 등에 주목하면서, 하이틴 중에서도 여학생과 소녀들에게 관심을 보였다.

물론 엄밀하게 말하면 하이틴은 여학생과 남학생의 젠더 gender적 특성을 구분하는 개념을 의미하지는 않았다. 1970년대를 휩쓸었던 하이틴 영화의 열풍은 젠더와 관계없는, 고등학생과 대학생 정도의 연령대인 청춘들의 삶과 사랑에 대한 이야기였던 것이다. 하지만 하이틴에 대한 관심을 통해 그동안 크게 주목받지 못했던 소녀들의 집단이 사회적으로 호명되기 시작했다는 점에서 하이틴이라는 용어와 소녀들의 취향은 관련이 있다. 1960년대 사회는 소녀들의 방황과 일탈을 하이틴의 문제로 포착했다. 그리고 소녀들의 고민과 문제에 접근하기 위해서 하이틴을 표제로 내세운 문예 작품들을 기획했다. 사실 대부분의 하이틴 관련 작품들이 새롭게 대두되는 젊은 소비층을 사로잡기 위한 상업적인 기획이기는 했다. 이런 매스컴의 관심과 상업적인 문화계의 기획과 맞물려 소녀들의 취향이 사회 표면에 드러나게 되었다.

이 시대의 대중 잡지인 《명랑》에서는 1965년부터 '하이틴 픽션'이나 '십대 소설' 혹은 'fictions for teens'라는 표제를 단 소설들을 연재하기 시작했다. 이 소설들은 십대인 인물들을 등장시켜 그들이 겪는 사랑과 성性 문제를 다루었다. 대부분 여학생이나 십대 소녀들이 주요 인물로 등장하며, 이들이 사랑과 성에 눈을 뜨면서 생기는 이성과의 미묘한 긴장감, 그로 인해 사라져버린 순결, 순결을 잃은 후의 비극적 말로 등을 그렸다. 십대인 인물이 등장한다는 점을 제외하면 그 이전의 연애소설과 크게 다르지 않은 구도로 진행됐다. 하지만 십대 청춘들의 방황과 불안을 성 문제와 연결시키면서 하이틴이라는 용어가 사랑과 성에 관련된 상업적 장르 명칭으로 전유될 수 있는 기반을 마련했다.

이렇게 하이틴이라는 용어를 통해 소녀들의 생태나 특징이 사회적으로 주목을 받았으며, 그들의 불안과 방황을 성의 문제로 이해하고 풀어내는 독특한 서사 문법이 형성되었다. 이와 맞물려 박계영 등 여대생 작가들이 문단에 등장하면서 여학생이나 소녀 취향의 소설이 대중들에게 본격적으로 선보이게 되었다. 1960년대 중반부터 1970년대까지는 이처럼 여학생이나 소녀를 중심으로 한 작가나 독자층이 형성되면서 사랑과 연애, 성과 결혼에 대한 그들 나름의 취향을 계발해나갔던 시대였다. 1970년대 후반에 이루어진 할리퀸 로맨스 도입의 한국적 맥락은 이러한 배경을 바탕으로 설명이 가능할 것이다.

1980년대의 하이틴 로맨스

할리퀸 로맨스는 1979년부터 1986년까지 삼중당에서 발간한 '하이틴 로맨스' 시리즈라는 명칭으로 한국에 소개되었다(삼월토끼, 「로맨스의 역사3 : 국내 할리퀸 번역사」, 《Romancian》). 그런데 할리퀸 시리즈가 왜 그리고 어떻게 1970년대 후반 한국에 들어왔을까. 이런 궁금증에 대한 답은 크게 두 가지로 할 수 있을 듯하다.

일단 국제적인 맥락에서 생각해보자면, 1970년대 후반부터 1980년대가 로맨스 시장의 팽창기였기 때문이다. 로맨스 장르의 역사에서 알 수 있듯이 할리퀸은 1970년대 로맨스 장르 출판의 기초를 다지고 로맨스 시장을 장악한다. 그리고 1980년대가 되면 할리퀸의 성공을 바탕으로 여러 거대 출판사들이 로맨스 시장에 뛰어들면서 로맨스 시장은 세계적으로 팽창한다. 이러한 상업적 출판 시장의 흐름을 한국 출판계에서도 적극적으로 수용했던 것 같다. 한국의 출판사들도 로맨스라는 전 세계적으로 잘나가는 상품에 대한 기대를 가지고 있었던 것이다.

그렇다면 한국의 출판사들은 왜 로맨스 소설이 한국 시장에서도 인기를 얻을 수 있을 것이라 판단했던 것일까. 이 질문에 대한 답이 1970년대 후반에 한국에 로맨스가 도입된 이유에 대한 두 번째 답이다. 1970년대 후반에 영미권을 중심으로 로맨스 시장이 팽창했다고 할지라도 그 장르에 대한 한국의 독자층이 확인되지 않았거나 빈약하다고 판단했다면 할리퀸 로맨스 시리즈가 한국에 수입되기는 어려웠을 것이다. 그러나 앞서 살펴본 것처럼, 1960년대 중반부터 1970년대에 걸쳐 한국 출판 시장은 사랑과 성에 대해 나름의 관심을 가지는 하이틴 여성들의 취향을 확인했던 것이다. 십대 후반에서 이십대 초반 여성들의 특성, 그들이 사랑과 성에 대해 느끼는 관심 등이 하이틴이라는 용어를 중심으로 형성됐던 것이다. 이렇게 하이틴이라는 용어를 중심으로 확인된 이 수요층을 흡수하기 위해서 한국의 삼중당은 할리퀸에서 발매한 로맨스를 '하이틴 로맨스'라는 표제를 붙여서 유통시킨 것이다.

1979년 삼중당에서 '하이틴 로맨스'라는 이름으로 할리퀸 시리즈를 내놓은 이후, 1980년대에 이르러 여고생들을 중심으로 로맨스에 대한 수요가 폭증했다. 여고생들 사이에서 로맨스 소설이 유행하자 삼중당뿐만 아니라 서울출판의 '프린세스 베스트셀러', 문화광장의 '투유북스', 문화생활의 '실루엣 로맨스', 현지의 '러브스웹트' 등의 로맨스 시리즈가 우후죽순 출간되었다(삼월토끼, 「로맨스의 역사3 : 국내 할리퀸 번역사」, 《Romancian》). 이 시리즈들은 모두 할리퀸의 할리퀸 프레젠트 라인이나 벤텀의 러브스웹트 시리즈를 원 텍스트로 삼았다. 하지만 원본 텍스트를 정식으로 수입하여 판매한 것이 아니라 불법으로 번역하여 판매한 것이었다. 따라서 원저자나 원서명의 정보가 정확하지 않고, 번역도 미숙한 경우가 많았다. 그럼에도 불구하고 이러한 불법 로맨스 소설의 도입으로 사랑과 연애, 결혼과 성에 대한 여성들만의 상상을 펼치고 환상을 충족시켜주는 로맨스 장르의 시장이 확보될 수 있었다. 이렇게 1980년대와 1990년대까지는 번역 로맨스물을 중심으로 로맨스 시장이 성장했다.

웹소설 시대 로맨스의 가능성

로맨스물의 유통은 만화 대본소를 시작으로 해서 비디오 대여점에 이르기까지 동네 곳곳에 널리 퍼져 있는 대여점을 중심으로 이루어졌다. 대여점의 로맨스 코너에는 불법 해적판이 꽂혀 있었지만, 1986년 이후로 할리퀸에서 정식 수입한 할리퀸 로맨스와 할리퀸 판타지 그리고 할리퀸 프레젠트 시리즈가 꽂히기 시작했다. 1990년대 후반에는 국내 창작 로맨스들도 소개되기 시작했다. 번역 중심의 로맨스 시장에서 창작 중심의 로맨스 시장으로 확대되는 양상을 보였던 것이다.

하지만 안타깝게도 인터넷의 발 빠른 성장으로 종이책 시장이 축소되고 도서 대여점이 몰락하면서 로맨스 시장도 흔들리기 시작했다. 충성스러운 독자층이 형성되어 있었던 번역 소설도 대여가 제대로 이루어지지 않으니, 막 형성되기 시작한 창작 로맨스 시장의 붕괴는 당연한 일이었다. 그렇게 인터넷의 부상과 함께 종이책 중심의 로맨스 시장은 몰락했다.

물론 인터넷을 통한 소설의 유통이 이루어졌고, 인터넷 소설은 21세기 소설의 새로운 가능성으로 여겨지기도 했었다. 『늑대의 유혹』 등 히트작을 남긴 귀여니 등은 인터넷이라는 매체를 통해 한국적 감성을 지닌 로맨스 소설의 새로운 가능성을 보여주기도 했다. 하지만 인터넷 소설은 기대에 비해 큰 저력을 보여주지는 못했다. 로맨스를 비롯한 장르 문학은 기존 종이책 시장은 잃어버리고, 새로운 인터넷 시장은 개척하지 못한 채 표류했다. 이런 상황 속에서 막 형성되기 시작했던 창작 로맨스 작가군은 활로를 찾지 못하고 무너졌다.

매체의 발달로 흔들렸던 장르 문학 시장을 다시 활성화시킨 것도 매체의 발달이었다. 2007년부터 활기를 띤 전자책ebook 시장은 로맨스 문학뿐만 아니라 장르 문학 전체에 활기를 불어넣었다. 전자책은 도서 대여점처럼 싼 가격에 장르 문학을 제공한다. 게다가 도서 대여점을 오가는 물리적 시간과 거리를 필요 없게 만들었다. 더군다나 책을 빌리면서 자신의 취향을 타인의 시선에 노출시켜야 한다는 부담도 사라지게 했다. 전자책의 이러한 경제성과 편리함과 심리적 안정감은 장르 문학에 대한 독자들의 접근을 용이하게 했다. 전자책 시장의 활성화와 함께 장르 문학, 특히 로맨스 문학은 약진하고 있다.

전자책이 가지고 있는 은폐성 덕분에 로맨스는 더욱 하

드 코어해질 수 있었다. 타인의 시선에 쉽게 노출되지 않는 이북의 특성으로 로맨스를 즐기는 독자들은 자신들의 숨겨진 욕망을 더욱 강도 높게 충족시켜주는 소설을 편하게 읽을 수 있게 되었다. 사랑의 관계 속에서 가장 풀리기 힘든 주제이자 가장 매력적인 주제인 성관계의 문제가 직접적이고 노골적으로 로맨스 장르에 파고들었다.

이는 에로티카 라인이 강세를 보이는 서구 영미권만의 상황은 아니다. 한국 창작 로맨스도 이제는 남녀 간의 열정적 사랑을 표현하는 방법으로 성의 문제를 농도 짙게 다루고 있다. 현재 주요 인터넷 서점의 로맨스 부문 1위에서 10위는 언제나 19금 소설이 차지하고 있다. 베스트셀러가 시기별로 산정될 때마다 언제나 다른 작가의 다른 작품들이 올라오지만, 변하지 않는 사실은 대부분 19금 소설이라는 것이다. 현재 한국의 로맨스는 알콩달콩 낭만적인 사랑 이야기이기도 하지만, 여성들의 취향에 최적화된 여성들을 위한 포르노이기도 하다.

한편, 웹소설의 발달은 현재 이루어지고 있는 장르 문학 및 로맨스 소설의 성장을 낙관적으로 전망할 수 있게 한다. 웹소설은 누구나 쉽게 소설을 연재할 수 있으며, 대중들의 호응을 바탕으로 작품들이 연재되고 성장할 가능성을 시스템상으로 구축하고 있다. 진입 장벽이 낮기 때문에 다양한 작가들이 실험적인 시도를 통해 대중들의 취향과 작품의 접

점을 마련해나가고 있다. 그런 만큼 웹소설에 연재되는 로
맨스 소설들은 상상력의 무한한 가능성을 보여준다. 또한,
로맨스 장르의 경계를 넘어 스릴러, 공포, 뱀파이어, SF 등
다양한 장르와 접목해 로맨스 장르의 가능성을 넓히고 있
다. 창작자들의 흥미로운 시도가 대중들의 관심사와 만나
그 가능성을 확인할 수 있는 웹소설에서는 이 시대의 가장
핫한 콘텐츠를 생산해내고 있는 중이다.

그렇기 때문에 웹소설에서 인기를 끈 작품들은 영화나 드
라마의 기본 텍스트로 활용되기도 한다. 웹소설뿐만 아니라
현재 생산되는 로맨스 소설 중 대중의 인기를 끈 작품들은
대부분 영화나 드라마로 만들어져서 새롭게 대중의 사랑을
받는다. 로맨스 물은 이처럼 영상화된 매체의 콘텐츠 공급
처로서 기능을 하면서 이 시대의 가장 생산력 있는 콘텐츠
공급처로 그 의의를 인정받고 있다.

5

로맨스의
특징과 매력

로맨스는 전자책 시장과 웹소설 시장을 장악했다. 하지만 아직도 로맨스를 읽는 것은 어쩐지 부끄러운 취향으로 여겨지는 것 같다. 로맨스를 읽는 여자들은 낭만적인 소녀 감성에서 벗어나지 못했거나, 현실 파악 못 하는 신데렐라 병에 걸린 사람으로 취급된다. 무협의 세계는 도술을 통하여 동양 철학의 세계와 맞닿는 지점이 마련되고, 추리의 세계는 근대의 합리적인 논리의 세계와 연결되며, SF의 세계는 과학 기술이 펼쳐내는 세계로 인식된다. 판타지의 세계 또한 동서양 신화 모티브를 활용하며 신화나 고전의 세계와 연관을 맺는다. 이들 장르물은 모두 근대 사회의 공적인 담론 속에서 논의될 만한 가치를 가진 무언가를 가지고 있는 장르로 인식된다. 하지만 로맨스의 낭만성은 현실적 인간관계의 기반을 무시한 허황됨으로 여겨질 뿐이기 때문에 공적인 담론 속에서 언급될 만한 가치를 인정받지 못한다. 그래서 소녀 시대를 지난 여성들은 로맨스 취향을 공개적으로 쉽게 드러내 놓지 못하게 된다. 그럼에도 불구하고 여성들은 로맨스를 읽는다.

여성들의 욕망을 자극하고 환상을 충족시키는 로맨스

유독 여성들이 로맨스를 읽는 이유, 그리고 로맨스라는 장르에 빠져드는 이유가 무엇일까. 여느 장르 문학과 마찬가지로 로맨스 또한 향유자들의 환상을 충족시키는 기능을 수행하는데, 특히 여성들의 숨겨진 욕망을 자극하고 환상을 충족시킨다.

여성들이 로맨스를 통해 충족하는 첫 번째 환상은 완벽한 남자에 대한 환상이다. 현실 속의 애인들은 여성들이 상상했던 그 애인이 아니다. 현실 속 애인은 주도적인 성향이면 권위적이고, 터프한 성향이면 막무가내고, 자상한 성향이면 예민하고 소심하다. 자신의 상처를 들키지 않으려고 냉정하고 무뚝뚝하게 구는 남자는 끝까지 차갑고 냉정하여 정이 떨어지는, 진짜 나쁜 남자일 뿐이다. 그 이하만 있을 뿐 그 이상은 없다.

하지만 로맨스의 남자 주인공은 현실에서 불가능한 지점을 동시에 구현해내는 완벽남들이다. 그들은 한 사람이 동시에 가질 수 없는 모순적인 성격과 자질을 모두 가지고 있다. 로맨스의 남자 주인공은 주도적이고 터프하지만 사랑하는 여성을 배려할 줄 알며 사랑하는 여성을 위해 인내하고 희생하고 헌신한다. 그렇다고 그들은 절대 찌질해지지도 않는다. 이런 완벽남들은 흔히 '알파남'이라고 불린다(오기 오가스 · 사이 가담, 『포르노 보는 남자, 로맨스 읽는 여자』).

부드럽고 자상한 '베타남'들이 주인공 역할을 맡기도 하지만, 아무리 부드러운 남자라도 외부의 시련에 쉽게 흔들리지 않는 강단과 자신의 일과 사랑에 대한 강한 책임감을 가지고 있다는 점에서 그들도 강한 남성성을 기본으로 하는 알파남의 면모를 가지고 있다.

사실 알파남과 베타남이 공존하는 남자여야지 로맨스 소설의 완벽한 주인공이 될 수 있다. 로맨스 소설의 남자 주인공은 기본적으로 강한 남성성을 보여주어야 한다. 남성성은 오만할 정도로 자신감 있는 성격과 태도, 일을 주도하며 거침없이 추진하는 능력, 야성미 넘치는 건강한 육체, 이 세 가지 요소가 모두 갖춰져야 완성된다. 이런 남자들의 첫인상은 숨 막힐 정도로 섹시하지만, 너무 오만해서 약간 재수 없다는 느낌 혹은 너무 냉정해서 쉽게 다가서지 못할 것 같은 위압적인 느낌이다.

그럼에도 이 남자들이 매력적인 이유는 그 단단한 갑옷 아래에 가슴 아픈 상처를 간직하고 있기 때문이다. 로맨스의 남자 주인공은 나쁜 남자이지만 인간관계에서 남모를 아품을 간직한 불쌍한 남자이기도 하다. 그렇기 때문에 그들은 자신의 내면을 들키게 되면 한없이 약하고 여린 어린 아이가 된다. 그리고 자신의 내면을 보여주고 내어준 여성에게는 어느 누구보다도 친절하고 자상하게 대한다. 이러한 양면성을 가진 남자들이 여성들이 그토록 바라 마지않는 이상적 완벽남인 것이다.

모든 것을 갖춘 완벽하고 멋진 남자가 나만을 사랑해준다면 얼마나 행복할 것인가. 이것이 로맨스 소설이 독자들에게 제공하는 두 번째 환상이다. 로맨스를 읽는 독자들은 여주인공에게 자신을 이입시키면서 이 세상에 둘도 없을 완벽남에게 사랑받는 느낌을 대리 충족하고자 한다. 이러한 여성들의 환상은 한편으로는 남성들에게 배려받고 싶다는 욕망을 기저에 깔고 있다. 이 욕망은 어쩌면 자신에게 닥친 어려움을 능력을 가진 남성을 통해 해결하려는 의존적인 태도일지도 모른다. 그렇기 때문에 로맨스 소설에 비판적인 페미니즘 논자들은 로맨스가 여성들의 수동성과 의존성을 부추기는 장르라고 말한다.

하지만 완벽남에게 사랑받고 싶다는 욕망 안에는 사랑받는 대상이 되고자 하는 여성들의 수동적이고 의존적인 태도만 내재해 있는 것이 아니라 관계를 주도해나가고자 하는 적극적인 면모도 숨어 있다. 로맨스의 주인공인 완벽남에게 사랑을 받으려면 꼭 갖추어야 하는 요건이 있다. 그것은 그 완벽남의 숨겨진 상처를 치유해줘야 하는 능력이다. 로맨스에서 여성이 사랑받는 대상이 되려면 상대의 아픔을 달래주는 능력을 가지고 있어서 그 남자의 특별한 대상이 되어야만 하는 것이다. 모든 것이 완벽한데 사랑에 있어서 어떤 아픔을 간직한 남자, 단 하나의 결핍을 간직한 이 남자는 어쩌면 단 하나의 운명적인 사랑을 만나면 정말 완벽한 사람으로 완성될 것이다. 그리고 그 완성을 가능하게 해줄 사람이 바로 나이다. 이것이 로맨스 소설을 읽는 여성들의 환상이다.

나라는 대상이 있음으로써 완성되는 남자, 그리고 그렇게 완성되는 사랑에 대한 환상은 단지 완벽한 남자의 사랑을 받는 대상이 되겠다는 수동적인 욕망이 아니다. 그것은 오히려 나도 알지 못할 힘으로 한 남자의 아픔을 위로하여 상처를 치유하고 그 남자의 존재 자체를 변화시키겠다는 야심찬 포부이다. 이 포부는 사랑하는 사람과의 관계 속에서 자신의 힘으로 상대를 변화시켜나가고 싶다는 의지, 그래서 자신의 연애를 자신이 원하는 방향으로 이끌어나가고 싶다는 의지의 발로이다. 로맨스를 읽는 여성들은 자신도 로맨스의 여주인공처럼 어떤 따뜻한 매력을 가지고 있어서 상처 입은 남성들의 아픔을 감싸줄 수 있기를, 그래서 그 남성이 자신을 특별하게 발견하게 되기를, 결국 그 남성이 자신에게서 헤어날 수 없게 되기를 바란다.

그렇다면 로맨스의 여주인공은 도대체 어떻게 완벽해보이는 남성들의 상처를 발견한 것일까. 그 아픔을 어떻게 다독여 주었을까. 두 주인공의 관계가 악화되었을 때는 뭐가 문제였을까. 그 문제는 어떻게 해결할 수 있을까. 로맨스의 독자들은 로맨스 소설을 읽으면서 끊임없이 질문하고 탐구한다. 로맨스 독서가 가진 힘은 이렇게 사랑하는 연인들 사이의 관계에 대한 고민과 성찰을 가능하게 한다는 것이다.

사회학자 앤서니 기든스는 여성 취향의 낭만적인 연애소설을 통해 여성들이 사적인 관계 속에서 생겨나는 문제들을 풀어나가는 경험을 미리 해보면서 관계 형성이나 조절의 능력을 얻게 된다고 말했다. 로맨스의 긍정적인 역할 중 하나는 이렇게 사적이고도 친밀한 관계를 이루어나가는 과정을 간접적으로나마 경험하며 연습할 수 있게 해준다는 것이다. 그러니까 사랑할 때 느끼게 되는 갖가지 당황스러운 감정들에 대처할 수 있는 방법들을 알게 되는 것이다.

사랑하는 사람 앞에서 하게 되는 황당한 실수들, 자신의 감정을 들키지 않기 위해 하는 이상한 거짓말들, 조금 더 좋은 관계를 만들려고 하다가 생기는 속상한 사건들이 나에게만 생기는 일이 아니라 연인 관계에서는 누구나 겪을 수 있는 일이라는 것을 발견하면서 일단 안도할 수 있다. 또한, 그런 위기 상황을 극복해 나가는 주인공들의 모습을 보면서 관계의 위기를 풀어나가는 방법들을 알아나간다. 그러면서

상대의 아픔을 알아채고 위로하며 배려하는 방법을 배워나
가는 것이다. 이처럼 로맨스는 관계에 대한 고민을 가능하
게 하는 장르이기도 하다.

일, 사랑, 관계의 자기계발서

로맨스 소설은 여성들의 자기계발서이기도 하다. 로맨스의
독자들은 로맨스의 주인공에게 공감하며 위안을 받기도 하
지만 로맨스의 주인공과 자신을 끊임없이 비교하면서 교훈
을 얻기도 한다. 로맨스의 독자들은 관계의 위기 상황을 풀
어나가는 주인공들을 보면서 자신도 어떤 문제에 처했을 때
는 어떻게 행동해야겠다는 다짐을 한다. 그리고 어떤 실수
는 절대 저지르지 말아야겠다고 생각한다. 사적이고 친밀한
관계를 고민하면서 로맨스의 독자들은 관계 속에서 더 괜찮
은 사람이 되고자 노력하는 것이다.

　로맨스의 주인공은 이런 독자들을 자극할 수 있는 인물들
이어야 한다. 그들은 로맨스의 독자들처럼 허점이 많고, 연
애 관계에 미숙하여 실수도 많이 하지만, 일반적이고 평범
한 삶을 살아가는 독자들보다는 조금 더 뛰어난 점을 보여
주어야 한다. 공감할 만한 지점과 동경할 만한 지점을 고루
갖춘 주인공이어야 한다. 그렇기 때문에 로맨스의 여자 주
인공들은 로맨스 소설 내에서 성장한다. 처음에는 완벽하지
않지만 사랑의 관계가 진전이 되고, 여러 시련들을 겪으면

서, 그들은 성숙한다. 그리고 꽤 괜찮은 여자가 된다.

괜찮은 여자가 되는 방향은 시대적으로 약간의 차이가 있다. 예전에는 아름답고 현명한 가정주부가 되는 것이 궁극의 결론이었다면, 지금은 사회적으로 인정받는 여자가 되는 것이다. 그들은 직업적인 영역에 있어서도 성취를 거두며 사랑도 쟁취한다. 이제 그들은 외로워도 슬퍼도 울지 않으려고 노력하는 밝은 성격만으로 남자를 사로잡아 신분 상승을 이루는 캔디형 신데렐라도, 항상 일을 망치고 속상해하다가 남자의 도움으로 겨우 문제를 해결하는 민폐형 캐릭터도 아니다. 그들은 주변의 어려운 상황 속에서도 자신의 사랑에 충실하려 노력한다. 비록 그 사랑이 난관에 부딪혀 이루어지지 않더라도 그들의 삶을 포기하지는 않는다. 안타까운 사랑의 아픔에 매몰되지 않기 위해 더욱 열심히 일하며 자신의 능력을 계발하고 지위를 향상시킨다. 결국 그들은 사회적으로 더욱 인정받는 사람이 되며, 동시에 오랜 시간이 지나도 사라지지 않는 단 하나뿐인 사랑을 완성한다.

오늘날 로맨스의 해피엔딩은 사랑의 쟁취는 물론 사회적인 성공으로도 이루어져야 하는 것이다. 이렇게 멋진 여자가 되기 위한 노력은 로맨스 주인공의 것이기도 하지만, 로맨스의 주인공을 통해 자신을 성찰하는 로맨스의 독자들의 노력이기도 하다.

조금 더 나은 여성이 되어 사랑받고자 하는 욕망은 사랑과 직업의 영역을 거쳐 성적인 영역에서도 나타난다. 영미권의 에로티카는 여성들을 위한 성생활 자기계발서 역할도 한다. 한국의 로맨스도 최근 에로틱한 19금 로맨스가 강세를 보이고 있다. 이제는 사랑한다는 표현이 강렬하거나 애잔한 눈빛, 떠나지 않는 시선, 이유 없는 배려 등으로만 묘사되지 않는다. 여자 주인공을 향한 남자 주인공의 열정은 그녀의 가녀린 몸을 한없이 조심스럽게 만지다가도 그 아름다움에 빠져들어 여자 주인공의 몸을 격정적으로 탐닉하는 모습으로도 표현된다. 여자 주인공의 하얀 몸에 난 선명한 키스 마크는 바로 주체 못할 남성의 열정이며, 바로 여자 주인공이 몹시도 사랑받고 있는 특별한 대상임을 보여주는 것이다.

다만 한국의 로맨스에서는 남성이 여성을 얼마나 사랑하는지, 그래서 여성이 얼마나 사랑받는 대상인지를 보여주기 위한 묘사가 주로 나타난다. 남녀의 성관계 장면으로 넘어가면 남성의 시선에 비친 여성의 몸이 얼마나 아름다운지, 그것이 남성을 어떻게 흥분시켰는지, 그리고 그 흥분을 어떻게 표현했는지에 대한 묘사가 주로 나온다. 여성이 남성에게 해주는 애무는 잘 묘사되지 않는다. 그런데 영미권의 에로티카에는 남성이 여성의 아름다움에 감탄하며 여성을 어떻게 애무해 주는지도 나오지만, 여성이 남성 파트너를 애무하여 흥분시키는 장면도 꽤 상세하게 묘사된다. 성관계에 있어서 양쪽 주체의 행위가 모두 그려지는 것이다.

이런 장면을 통해 로맨스의 독자들은 성행위에서 여자가 할 수 있는 행동에 대해 알게 된다. 성행위에서 서로를 애무하며 기쁨을 배가시키는 방법에 대해 배우는 것이다. 딱딱한 성 교과서를 통하지 않고서, 심정적으로 불편하거나 불쾌할 수도 있는 포르노를 통하지 않고서, 성행위의 구체적인 장면을 그려볼 수 있게 하는 것이 최근 강세를 보이는 에로틱 로맨스 소설이다.

에바 일루즈는 『그레이의 50가지 그림자』의 성공 요인 중 하나로 섹스를 위한 자기계발서의 역할을 했다는 점을 지적한다. 일상적인 생활 속에서 쉽게 접할 수 없는 BDSM의 장면을 구체적으로 묘사하면서 그러한 성행위가 어떤 요령으로 이루어지는지, 어떤 방식으로 쾌락을 추구하는지, 어떻게 고통과 쾌락의 단계를 높여가는지를 상세하게 알려줬던 것이다. 게다가 섹스 토이에 대한 소개와 사용법 및 그것을 통해 얻을 수 있는 쾌락에 대한 상세한 묘사는 일상적인 섹스에 시들해져 있는 사람들의 호기심을 자극했다. 실제로 『그레이의 50가지 그림자』에 소개된 성인용품은 매출이 급상승했다. 독자들은 책을 통해 알게 된 것을 실제 경험을 통해 실천했던 것이다.

로맨스 소설의 독자들은 실천적인 자세를 지녔다. 그리고 실천의 영역은 인간관계의 영역에서 사회적인 영역까지 더 나아가 성생활의 영역까지 넓어지고 있다. 이처럼 로맨스 소설의 독자들은 로맨스를 통해 끊임없이 성장하고 있다.

하지만 꼭 성장을 해야만 로맨스 소설을 읽을 가치가 있는가. 독서를 통해 혹은 문화의 향유를 통해 교훈을 얻거나 더 나은 세계를 경험해야만 한다는 것도 하나의 강박이다. 사실 로맨스 장르에 어떤 가치나 사회적 의의를 부여한다 하더라도 로맨스는 로맨스일 뿐이다. 현실에서의 사랑이 허상이고 순간적인 도취일 뿐이듯, 로맨스도 허상이고 환상 충족이며 한순간의 도취이다. 사랑도 한갓 환상일 뿐임을 알면서 언제나 사랑에 빠지듯이, 로맨스도 빠지면 그만인 것이다. 로맨스 소설에 몰입하는 그 순간 나의 심장이 쿵쾅거리는 것을 느꼈다면 그것만으로도 로맨스 장르는 충분히 제 역할을 해낸 것이다.

현실의 연애가 풀리지 않을 때, 그래서 권태로움이 찾아올 때, 아니면 현실의 연애가 귀찮을 때, 일에 쫓겨 실제 애인을 만날 에너지조차도 없을 때 달콤한 로맨스를 통해 당분을 섭취하는 것도 나쁘지는 않다. 달달한 것은 몸에 나쁘다. 하지만 끊을 수 없다. 로맨스를 읽는 취향이 흔히 고급스럽다고 말하는 좋은 취향이 아닐 수 있다. 그러나 숨길 필요는 없다. 그 쓸데없는 로맨스가 가끔은 나의 삶에 위안을 가져다주기만 한다면, 그래서 내 삶에서 때때로의 흥분과 활력을 제공해줄 수 있다면 로맨스는 한 조각의 달달한 초콜릿처럼 내 지친 삶에 에너지를 더해줄 것이다.

작법

로맨스 작가에게 듣는
로맨스 소설 쓰는 법

진산

로맨스 소설의 창작론!?

원고 청탁을 받을 때마다 과연 내가 이런 주제의 글에 어울리는 필자일까를 고민하곤 하는데 이번에도 예외는 아니었다. 로맨스 소설의 창작론이라!

사실 작가가 작법에 대해 쓰는 것만큼 어려운 일도 없다. 작법이라는 건 살아가는 사이에 자기도 모르게 손에 익은 버릇과 같은 거라서 남에게 설명하기도 힘들뿐더러 자신에게 맞는 방법이 남에게도 맞는다는 보장이 없다.

더군다나 로맨스 소설이라니! 두 개의 필명으로 로맨스 소설을 출판해보기는 했으나 스스로 생각하기에도 정통파 로맨스 소설과는 거리가 먼 내가 그 장르의 작법을 운운한다는 것이 부담스럽지 않을 수가 없다.

하지만 이 글의 독자들 역시 교본처럼 삼을 작법론이 아니라 로맨스 소설을 쓰는 작가가 어떤 고민을 하는지 궁금하게 여길 수도 있을 거라 생각하고, 어디까지나 로맨스 소설을 쓸 때 나의 주된 고민이 무엇인지를 밝히려는 것이지 체계적인 작법론과는 거리가 먼 이야기라는 엄살을 미리 부리면서 이야기를 시작해 보겠다.

로맨스 여행의 출발

소설 쓰기란 백지 위에서 출발하는 여행과 같다. 이 여행은 나 자신만을 위한 여행이 아니다. 작가는 여행자이자 동시에 안내인으로서 독자에게 길을 안내해야 할 의무가 있다. 아무것도 없는 공간에 처음 나타나는 최초의 별빛을 따라서 작가는 여행을 시작한다. 이 최초의 별빛, 여행의 시작이 되는 첫 발걸음이 바로 로맨스 소설의 아이디어가 될 것이다. 로맨스 소설의 아이디어는 어디에서 찾을 수 있을까? 본질적인 의미에서 여타 장르와 다르지 않다. 인생의 어디에서든 아이디어는 찾을 수 있다. 어떤 작가에게는 가까운 사람의 인생이, 혹은 신문 기사에 난 사건사고 몇 줄이, 혹은 과거에 읽은 책이나 영화를 통해 키워온 상상의 산물이 새로운 이야기를 밝히는 최초의 별빛이 된다.

　로맨스 소설의 작법, 로맨스 소설의 아이디어라고 특별한 것이 아니다. 앞으로도 계속 언급하겠지만, 로맨스 소설 역시 기본은 소설이다. 따라서 보통의 소설 작법에서 요구되는 것들을 요구한다.

로맨스 소설의 장르적 요소는 다른 장르에 비해 좀 더 범용성이 높다. 이를테면 SF나 판타지, 혹은 추리소설이나 무협소설의 고유한 특징을 다른 장르 소설에서 차용한다면 그 개성은 분명하게 도드라져 보일 것이다. 반면, 사랑 이야기라는 것은 어떤 이야기에나 섞여 들어갈 수 있다. SF에도 연애는 등장하며 판타지에서는 엘프와 인간의 이루어질 수 없는 사랑이 이야기되기도 한다. 추리소설에서도 유쾌한 탐정과 조력자인 아가씨의 은근한 로맨틱 코미디가 양념처럼 섞일 수도 있다. 사실 사랑 이야기를 빼놓고 짤 수 있는 이야기는 거의 드물다. 연애는 남녀노소를 불문하고 인간들의 가장 주된 관심사이기 때문이다.

그렇다고 사랑을 다룬 모든 소설을 로맨스 소설이라고 할 수는 없다. 장르 로맨스는 양념처럼 사랑 이야기를 섞는 것이 아니라 메인 요리로서 다룬다. 로맨스와 다른 장르에서는 연애 관계를 다루는 방식, 결말을 유도하는 방식이 다르다.

로맨스는 결국 사랑 이야기다. 그것도 여성 취향의, 그중에서도 가장 보수적인 사랑 이야기다. 장르 로맨스의 주된 독자층은 여성이고, 보다 일반적이지 않은 사랑 이야기, 예를 들어 동성간 연애는 퀴어 소설로서 다른 장르로 구별된다. 따라서 장르 로맨스는 대체로 가장 일반적이며 보수적인 연애 관계, 여자와 남자의 사랑 이야기를 여성의 관점에서 다루고 있다. 이런 장르 로맨스의 특징을 가장 잘 설명해주는 문구가 '위험한 남자들, 용감한 여자들'이라고 할 수 있겠다. 할리퀸 로맨스의 특징을 드러내는 이 문구는 로맨스 소설의 핵심을 찌르고 있는데, 로맨스 소설의 남자들은 여성의 입장에서 이해 불가능한 위험 요소로서 등장하지만 여주인공들은 그 남자들에게 용기 있게 도전하거나 저항함으로써 남성의 세계를 마침내 굴복시킨다. 이렇게 보면 로맨스 소설이란 결국 여성적 가치가 남성적 세계를 공략하는 정복기이다. 이 정복은 파괴적이고 남성적인 정복이 아니라 여성적인 정복이다. 사랑이 세계를, 그리고 위험한 남자를 바꾸는 이야기인 것이다.

결국 로맨스 소설의 아이디어 역시 우리 인생에서 직간접적으로 경험할 수 있는 남녀의 사랑이야기에서 찾을 수밖에 없다. 가능하면 흥미진진한 이야기가 발생할 수 있는 긴장감 넘치는 관계에서 시작하는 것이 이야기를 풀어나가기에 좋다. 전형적이라고 비판받기도 하지만 수많은 로맨스 소설에서 권력을 가진 남성이 등장하고, 가진 것은 없지만 그런 남성에게도 기죽지 않는 용감한 여성이 등장하는 이유가 바로 그것이다.

로맨스 여행의 여정

로맨스 소설의 구성 역시 가장 기본적인 부분에서는 여타 소설과 다르지 않다. 이야기 구성의 방식에 대한 가장 오래된, 그리고 믿을 만한 안내 지도는 조지프 캠벨의 『천의 얼굴을 가진 영웅』(민음사, 2004)이다. 신화 속에 등장하는 남자 영웅들의 모험담 패턴이 과연 로맨스 소설에도 들어맞을까 의아할 수도 있지만, 로맨스 소설의 용감한 여주인공은 여성 영웅으로서 손색이 없다.

그리스 신화 중 에로스와 프시케의 모험담은 로맨스 소설과 유사한 구조를 가지고 있으면서도 영웅담의 전형적인 구조를 밟고 있다. 〈미녀와 야수〉의 원형이랄 수 있는 이 이야기 속에서 프시케는 자매들 중에 가장 아름다웠지만 미의 여신 아프로디테의 질투를 받아 결혼을 하지 못한다. 그녀는 신탁에 따라 죽음의 신부로서 날개 달린 괴물이라는 남편의 얼굴도 보지 못한 채 그의 성에서 결혼 생활을 한다. 그러다가 남편이 잠들었을 때 몰래 그 얼굴을 엿보고 마는데, 너무나 잘생긴 얼굴이었다. 하지만 남편인 에로스는 "의심이 머무는 곳에 사랑이 머물 수 없다"는 말을 남기고 떠난다. 프시케는 그를 되찾기 위해 시어머니격인 아프로디테가 내린 시련을 극복하고 마침내 신들의 축복을 받으며 결혼식을 올린다. 정체를 알 수 없는 위험한 남자, 그의 정체를 엿보는 과감성과 무려 신(神)인 시어머니의 시집살이를 이겨내는 용감한 여자. 이 얼마나 전형적인 로맨스인가?

할리우드의 영화 관계자 크리스토퍼 보글러는 『신화, 영웅 그리고 시나리오 쓰기』(비즈앤비즈, 2013)에서 조지프 캠벨의 『천의 얼굴을 가진 영웅』을 좀 더 현대적 이야기에 어울리는 방식으로 풀어놓았다. 그중 특별히 의미 있는 몇 가지 지점을 인용해 로맨스 소설의 구조를 설명하자면 이렇다.

(1) 일상 세계

가장 먼저 구축해야 하는 것은 주인공이 원래 몸담고 있던 '일상 세계'다. 로맨스의 여주인공들이 원래 살던 세계, 그녀를 키우고 자라게 만든 세계가 바로 일상의 세계이며, 이 단계에서 여주인공은 나이가 얼마든 본질적으로는 소녀에 가깝다. 험난한 세상을 모르는 채 부모나 그에 준하는 대상으로부터 보호받고 있거나 이제 막 독립을 시작한 상황이다. 물론 시작부터 어려움에 처한 여주인공들도 많다. 이야기에서 최초의 일상 세계는 그리 길게 다뤄지지 않는다. 때로는 아예 본격적으로 등장하지 않은 채 얼핏 서술되고 지나갈 수도 있다.

　하지만 작가의 입장에서는 여주인공의 '일상 세계'는 무척 중요하다. 로맨스의 힘 대부분은 여주인공에게서 나온다. 그런 만큼 여주인공의 본질적 성격, 최초의 출발점은 이야기 전체를 끌고 가는 힘이 될 수 있다. 그녀가 신앙심 투철한 집안에서 자랐다면, 혹은 가난하지만 행복이 무언지를 아는 부모 밑에서 자랐다면, 혹은 누구도 믿을 수 없는 뒷골

목 세계에서 자랐다면. 여주인공의 성격은 물론이고 남주인
공을 만나는 방식, 그에 대해 느끼는 것, 그에게 저항하고 투
쟁하는 방식 역시 모두 그 최초의 '일상 세계'에서부터 비롯
되기 때문이다.

(2) 소명을 받다

신화의 영웅이 모험에 뛰어드는 첫 번째 계기다. 누군가 나
타나서 신의 말씀을 전할 수도 있고, 주인공이 자신을 증명
하기 위해 세상으로 나서는 것이 될 수도 있다.

　　로맨스 소설에서는 여주인공의 '일상 세계'에 어떤 문제
가 생기면서 찾아오게 되고, 그로 인해 남주인공의 세계에
뛰어들어야 할 이유가 만들어진다. 흔하게는 금전적인 문제
로 취업 전선에 뛰어들어야 하는 여주인공의 사정 같은 것
이 되겠다. 『그레이의 50가지 그림자』에서 아나스타샤는 인
터뷰를 대신 해달라는 친구의 부탁을 거절하지 못하고 그레
이를 만나러 가게 된다.

　　본격적인 사건의 계기가 되는 이 '소명'은 단순히 이야기
의 흐름 중 하나만이 아니라 여주인공이 왜 남주인공의 세
상에 뛰어들었는지에 대한 이유를 만들어주는 것이기 때문
에 생각보다 조심스럽게 다뤄야 한다. 친구의 부탁을 거절
하지 못하고 '소명'을 받아들이는 것은 『그레이의 50가지 그
림자』의 여주인공 캐릭터에 중요한 특징을 부여하고, 이후

남주인공과의 관계에도 은은한 영향을 미친다. 이처럼 '소명'을 받는 방식 혹은 그걸 거부하고 도망치는 방식에서 주인공의 성격이 드러난다. 이야기의 초반이기 때문에 특히 신경 써야 할 부분이다.

(3) 첫 번째 관문의 통과

신화의 영웅담에서 '첫 번째 관문'은 본격적인 모험이 시작되는 도입부다. 『오즈의 마법사』에서 도로시가 오즈에 도착해 착한 마녀 글린다의 안내를 받고 노란 벽돌 길을 따라 오즈로 가서 마법사를 만나라는 이야기를 듣는 부분 같은 것이다.

로맨스 소설에서 '첫 번째 관문'은 좀 더 로맨틱한 관문이다. 즉, 드디어 남녀가 만나는 장면 그리고 그녀가 그의 눈에 띌 수밖에 없는 이유, 두 사람의 만남이 일회적인 것이 아니라 지속될 수 있는 '이유'가 만들어지는 곳이기도 하다. 아직 커플이 아닌 두 사람이 만나고, 서로에게 신경 쓰고, 때로는 서로를 매우 거슬리는 존재로 인식하기도 하고, 상대에게 자신을 강렬하게 어필하기도 하는 '만남'의 사건이 바로 이 대목이다.

보통 이 대목에서 남녀 주인공 커플의 궁합이 잘 맞는지 안 맞는지가 드러난다. 여기서 장면이 매끄럽게 풀리지 않으면 근본적인 부분을 다시 짚어야 하는 중요한 갈림길이다.

(4) 조력자와 적대자, 시련과 보상, 그리고 귀환과 부활

이후의 부분들은 크게 색다른 것은 없다. 주인공들이 만나고 사건이 시작되었으니 여타의 장르와 마찬가지로 재미있게 풀면 된다.

신화의 영웅에게도 그러하듯이 로맨스 소설의 인물들에게도 친구, 적, 스승은 있다. 이들은 두 사람의 결합에 어떤 식으로든 영향을 미친다. 시련과 보상 역시 마찬가지다. 물론 그 시련은 사랑의 시련이고, 그 보상 역시 사랑의 보상이어야 한다.

후반부로 가면 '귀환과 부활'이 예정되어 있는데 '부활'이 예정되기 위해서는 '죽음'이 있어야 한다. '죽음'에 해당되는 사건은 보통 크나큰 오해, 혹은 위험이다.

신화 속의 영웅들은 죽음에서 부활해 귀환할 때 '생명의 영약'을 가지고 돌아온다고 한다. 이것이 바로 최종적인 보상이 된다. 로맨스 소설에서 '생명의 영약'은 흔히 '배 속의 아이'로 표현되곤 한다. 시련을 이겨낸 두 사람의 사랑이 새로운 가치를 만들어내기 시작했음을 알리는 상징이다.

로맨스 여행의 위험

(1) 어울리지 않는 한 쌍

달콤할 것만 같은 로맨스 여행에도 위험은 숨어 있다. 여타 소설을 쓸 때와 같은 기본적인 고민은 물론이고, 로맨스 고유의 어려움 중에 첫 손가락에 꼽을 만한 것은 캐릭터의 문제다. 일반 소설에서도 캐릭터의 형상화는 고민거리가 될 테지만 로맨스 소설에서 다른 점이 있다면 주인공 커플의 케미스트리, 쉽게 말해 궁합 문제가 가장 핵심적이라는 것이다.

처음 착상했을 때는 그럴싸하게 어울리는 캐릭터라고 생각했는데, 막상 둘을 장면에서 붙여보니 좀처럼 성적 긴장감이나 끌림, 알콩달콩한 분위기가 나오지 않을 때가 있다. 이럴 때 로맨스 작가는 벽에 부딪힌다. 이건 실제 인생에서와 마찬가지로 왕왕 일어나는 일이다. 꽤 잘 어울릴 것 같아서 소개팅을 시켜줬는데 서로 소 닭 보듯 아무 반응도 일어나지 않는 커플, 그런 느낌인 것이다. 연애하라고 붙여놨는데 절대 연애하지 않는 한 쌍. 의무감으로 어떻게든 이야기를 진행시켜볼 수도 있지만 장면이 늘어날수록 커플의 앞날은 암울해진다. 무엇보다도 이렇게 궁합이 맞지 않는 커플이 이끄는 이야기는 맥이 빠진다.

이런 함정에 빠졌을 땐 어떻게 하는 게 좋을까? 가장 좋은 방법이야 애초에 함정에 빠지지 않는 것, 궁합이 좋은 커플을 짝지어 주는 것이다. 하지만 사소한 문제라도 발생해서 관계가 진전되지 않을 때는 기본으로 돌아가는 것이 좋다. 이럴 때 작가는 결혼정보회사의 매니저가 되어야 한다.

남녀 주인공의 유형을 잘 생각해보고 톱니바퀴가 맞지 않는 부분을 점검해보는 것이다.

이때 연애학의 권위자라는 헬렌 피셔의 『나는 누구를 사랑할 것인가?』를 참고하는 것을 추천한다. 이 책은 인간의 성격 유형을 탐험가/건축가/지휘관/협상가로 나누고 그들 간의 상성에 대해 다루고 있다. 이 성격 유형들은 1차적 성격과 2차적 성격으로 나뉘면서 약간 내용이 복잡해지지만, 대체적으로 그 단어가 주는 이미지에 맞는 의미의 전형적인 성격 분류다. 세상의 모든 즐거움을 추구하는 탐험가, 질서와 전통을 수호하는 건축가, 더 높은 곳을 향하여 돌진하는 지휘관, 사랑으로 따뜻한 이상사회를 꿈꾸는 협상가 같은 식이다. 각각의 유형이 추구하는 이상적인 파트너에 대해서 이리저리 짝 지워보는 것도 재미있다.

이렇게 유형별로 적절하게 맞는 관계란 일상적인 케미스트리(화학 반응)라고 볼 수 있다. 즉, 인물들이 일단 관계를 형성한 뒤에 함께 시간을 보내는 방식에서 서로를 얼마나 잘 충족시킬 수 있느냐 하는 어울림 지수인 것이다.

(2) 그 사람이 아니면 안 되는 이유

소설에서는 일상적인 케미스트리뿐만 아니라 보다 극적인, 특별한 끌림이 필요하다. 상대가 아니면 안 되는 이유, 상대에게도 내가 아니면 안 되는 이유가 주인공들에게 있어야 한다. 그리고 그것이 독자들에게도 절실히 전해져야 한다.

"내가 좋아하는 사람은 내가 누구인가에 따라 달라진다!" 헬렌 피셔의 책 카피인데 꽤 새겨들을 말한 말이다. 로맨스 소설의 창작에 이 경구를 적용해본다면, 남주인공을 만들 때는 여주인공에 기반해서, 여주인공을 만들 때는 남주인공에 기반해서 만드는 것이 옳다. 그렇게 해야 서로가 서로에게 절실해질 수 있기 때문이다.

둘의 관계를 절실하게 만드는 가장 좋은 방법은 요철(凹凸)이다. 즉, 각 캐릭터에게 뚜렷한 결핍의 요소를 만들어주고 오직 상대만이 그것을 채울 수 있도록 해주는 것이다. 이를테면 남주인공이 일찌감치 모친을 여의었기에 모정에 대한 결핍을 주자. 겉으로 볼 때 이 남자는 전형적인 폭군형-지휘관 스타일의 남자다. 그러므로 어지간한 여성들은 그에게 모정을 발휘할 일이 없을 것이다. 그런데 타고난 모성을 가진 여주인공이 남자의 그 부분을 채워준다면 남주인공은 여주인공과의 관계에 진지해질 수밖에 없다. 여자 역시 마찬가지다. 서로가 서로에게 절실한 관계가 되도록 만들어줌으로써 독자 역시 그들 커플의 결합을 지지하게 된다.

(3) 여주인공이 마음에 안 들어!

로맨스 소설을 쓸 때 의외로 자주 부딪칠 수 있는 장벽이다. 물론 남주인공이 마음에 안 들 수도 있지만 확률이 적다. 대부분이 여성인 로맨스 소설의 작가는 오히려 남주인 공을 이상화시킬 수 있다. 하지만 정작 자기가 잘 아는 여자 쪽은 마음에 안 드는 것투성이가 될 수도 있다. 이상과 현실의 괴리다.

앞에서 말했듯이 로맨스 소설은 여성의 관점에서 사랑으로 세상을 정복(구원)하는 이야기다. 때문에 여주인공이 마음에 들지 않는다면, 더 나아가서 긍정적인 인물상이 아니라면 좀 골치 아파진다. 판타지로 치자면 마왕이나 마녀가 세계를 정복한 꼴이 되기 때문이다.

여주인공은 긍정적인 인물상을 세우는 것이 좋다. 단, 여기서 말하는 긍정적인 인물이란 도덕적인 인물을 말하는 것은 아니다. 설령 세상의 상식과 어긋난 점이 있더라도, 남들이 보기에 흠결이 될 만한 점이 있더라도 여주인공은 작가가 믿을 수 있는, 가장 지지할 수 있는 근본적인 힘을 가진 캐릭터여야 한다. 그래야 이야기를 끝까지 끌고 갈 수 있다. 그녀는 세상을 구할 (혹은 정복할) 영웅이다. 마땅히 그래야 한다.

여행의 끝

수많은 동화, 소설, 희곡의 마지막 장면은 결혼식으로 끝나곤 한다. 결혼식이 왜 해피엔딩의 마지막을 뜻하는 대명사가 되었을까 하는 질문에 누군가는 '결혼 이후에는 행복이 더 이상 없기 때문에'라는 농담으로 답하기도 했다. 로맨스 소설의 엔딩 역시 당연한 소리 같지만 해피엔딩을 추구한다. 하지만 이야기의 마지막에 접어들면 가끔 고민하곤 한다.

좋은 엔딩이란 무엇일까? 반드시 해피엔딩이라야 할까? 해피엔딩의 의미는 주인공 인물들이 원하는 바를 성취하고 행복하게 사는 것이다. 하지만 비극은 나쁜 엔딩일까? 예컨대 로미오와 줄리엣처럼 서로에 대한 사랑을 끝까지 지켰다면, 비록 그들이 세상의 냉혹한 법칙을 이겨내지 못하고 젊은 나이에 스러지긴 했지만, 즉 성취는 못했지만 포기도 하지 않은 것이다. 그들은 사랑을 포기하는 대신에 죽음을 택했다. 이런 경우는 비극이면서도 비참한 결말은 아니다. 아마도 진정 비참한 결말이라면 사랑했으나 세파에 시달려 그 사랑을 포기하고 적당한 짝을 만나 적당히 적응하며 늙어가는 것이 아닐까.

로맨스 소설 주인공들의 소망, 그들이 바라는 사랑은 극적인 만큼 세간에 쉽게 받아들여질 수 없는 면도 있다. 가장 좋은 결말은 세상이 그들의 사랑을 인정하고 받아들이며 그들 또한 자신의 사랑을 성취하는 것이지만 그렇게 되지 못할 때는 사랑을 포기하는 것보다는 생명을, 혹은 다른 귀한 가치를 포기하고 사랑을 지키는 것이 로맨스다운 결말이고 그런 경우 비극은 나쁜 결말이라고 볼 수는 없다. 그런 비극적 이야기로 어떤 가치를 전달할 것인가는 작가가 선택할 몫이다.

하지만 역시 로맨스 소설에서 가장 좋은 엔딩은 두 주인공이 추구한 사랑의 가치가 세상에서 빛나는 것, 그리고 그들이 앞으로도 계속 사랑할 것임을 독자에게 보여주는 것이 아닐까 싶다. 처음에 말했듯이 장르 로맨스는 결국 사랑으로 세상을 구하는, 혹은 정복하는 이야기이기 때문이다.

부록

로맨스를 이해하는 데
도움이 되는 책 & 사이트

사이트

위키피디아(영문)

로맨스 장르에 대한 기본적인 정보가 가장 잘 정리되어 있는 곳은 역시 인터넷 공간이다. 위키피디아에는 로맨스의 정의와 하위 개념 그리고 역사적 흐름이 상세히 정리되어 있다.

로맨시안 www.romancian.com

로맨시안의 기획 리포트는 할리퀸의 역사뿐만 아니라 한국 할리퀸 번역사까지 서양 로맨스 및 한국 로맨스의 역사와 특징까지 다양한 정보를 알려준다.

로맨스 장르를 이해하는 데 도움이 되는 책

『연애소설이란 무엇인가』, 대중문학연구회 편, 국학자료원, 1998

현재처럼 특화되어 있는 장르로서의 로맨스가 아니더라도 한국 연애소설의 역사와 계보를 알아보기 위해서는 이미 출간된 단행본들을 참고할 수 있다. 영화 쪽 평론가들이나 연구자들이 '멜로드라마'라는 키워드로 출간한 책들도 한국의 연애물이 가진 특징을 보여주지만, 아무래도 영화에 치중한 경향을 보인다. 이 책은 소설의 영역에서 나타난 연애물의 역사를 잘 보여주는 책이다.

『대중서사장르의 모든 것 1 :멜로드라마』, 대중서사장르연구회 지음, 이론과실천, 2007

소설과 영화의 영역을 아울러 여러 매체에서 나타난 한국 연애물의 역사와 특징을 한눈에 파악하는 데 도움이 되는 책이다. 조선시대부터 지금까지 소설과 영화, 텔레비전 드라마와 만화에서 '멜로'라는 키워드로 진행됐던 한국 연애물의 모든 것을 알수 있게 한다. 참고로 이 시리즈물은 멜로드라마 외에도 역사허구물, 추리물, 코미디가 단행본으로 출간되어 한국 장르 문학의 특징을 역사적으로 파악하는 데 도움을 준다.

『낭만전사』, 도널드 시먼스 외 지음, 임동근 옮김, 이음, 2011
『포르노 보는 남자, 로맨스 읽는 여자』, 오기 오가스 지음, 왕수민 옮김, 웅진지식하우스, 2011

로맨스 장르에 대한 학술적 연구는 진화심리학과 사회학, 특히 요즘 주목을 받고 있는 감정사회학의 영역에서 이루어졌다. 진화심리학의 경우, 인간의 성적 욕망을 작동시키는 하나의 메커니즘으로서 로맨스가 담당하는 역할에 주목한다. 진화심리학은 여성과 남성에 있어서 성적 욕망이 작동되는 방식이 어떻게 차이가 나는지, 여기에서 로맨스는 어떤 방식으로 여성의 성적 욕망을 자극하는지, 그래서 나타나는 여성의 성적 욕망이 가진 특징이 무엇인지를 규명한다. 이러한 질문들은 설문이나 통계 간혹 실험이라는 과학적인 방식으로 분석된다. 그리고 그 질문에 대한 답은 객관적이라고 불리는 방법을 통해 찾아진다. 이런 점에서 진화심리학은 로맨스 장르를 즐기는 현황에 대해 가장 객관적인 통계를 많이 확보한 영역이라 할 수 있으며, 가장 광범위한 자료 조사가 이루어진 영역이라 할 수 있을 것이다.

로맨스에 대한 연구는 사회학의 영역에서도 진지하게 다루어졌다. 사회학에서는 사회적인 집단으로서 여성 집단이 가진 특징이나 사회 현상으로 나타나는 사랑이나 연애의 문제 그리고 로맨스와 관련한 출판계의 특징 등을 다루었다.

『현대 사회의 성, 사랑, 에로티시즘』, 앤서니 기든스 지음, 배은경 외 옮김, 새물결, 2001

그동안 주목받지 못했던 여성 취향의 연애물이 가진 사회적 의의를 발견하게 해주었다는 점에서 의미 있는 연구서이다. 낭만적인 소설에 빠져 있는 자신의 취향을 숨기고 싶다면 이 책을 통해 자신의 취향에 자신감을 얻기를 바란다.

『사랑은 왜 아픈가』, 에바 일루즈 지음, 김희상 옮김, 돌베개, 2013
『사랑은 왜 불안한가』, 에바 일루즈 지음, 김희상 옮김, 돌베개, 2014

사회학 분야에서 최근에 가장 흥미로운 분야는 감정사회학이다. 사회적으로 형성되는 감정 구조와 사회와의 연관성을 연구하는 감정사회학에서 가장 흥미롭게 다루는 감정 중의 하나는 당연히 사랑이다. 에바 일루즈의 『사랑은 왜 아픈가』는 현대 사회의 사랑이 시대에 따라 어떻게 변해 왔는지를 흥미롭게 보여준다.

『사랑은 왜 불안한가』는 현재 일어나고 있는 에로틱 로맨스의 열풍에 주목한 연구서이다. 전 세계적 베스트셀러인 『그레이의 50가지 그림자』라는 책에 대한 사회적 호응과 열광의 원인을 탐구하고 있다. 이 책을 중심으로 하여 로맨스 장르에 현재 일어나고 있는 변화의 지점과 그 원인을 가장 명쾌하게 설명해준다. 앞의 저작에 비해 분량도 짧으며 현재 로맨스 시장에서 일어나는 현상, 로맨스에 여성들이 열광하는 이유, 로맨스의 특징과 역사 등을 쉽고 재미있게 알려준다는 점에서 꼭 한 번 읽어보기를 권한다.

읽을 만한 작품들

어떤 장르든 마찬가지겠지만, 읽어볼 만한 작품들은 각자의 취향에 따라 달라지기 마련이다. 로맨스 또한 각자의 성격과 기질 그리고 취향에 따라 작가에 대한 선호도와 작품에 대한 호응도가 달라지기 때문에 무엇을 꼭 읽어야 한다고 말할 수는 없다. 다만 접근성이 가장 좋은 작품들은 있다. 아무래도 텔레비전 드라마나 영화로 영상화된 작품들은 로맨스에 대한 진입을 손쉽게 해준다. 많은 로맨스 작품들이 영상화되었지만 〈성균관 스캔들〉이라는 드라마로 방영된 정은궐 작가의『성균관 유생들의 나날』(파란미디어, 2007)이나 〈해를 품은 달〉이라는 드라마로 만들어진 동명 소설『해를 품은 달』(파란미디어, 2011)은 원작 자체도 좋았지만 영상화되면서 더욱 큰 인기를 누렸다. 최근 윤이수 작가의『구르미 그린 달빛』도 텔레비전 드라마로 방영되기로 하면서 더욱 주목받고 있다.

한편 로맨스 장르 자체에 대한 거부감이 있거나, 전형적인 로맨스 장르에 지친 독자들이라면 로맨스 장르와 다른 장르와의 결합을 시도한 작품들부터 읽어도 좋을 것이다. SF와 로맨스를 훌륭하게 결합시킨 작품으로『아웃랜더』(다이애너 개벌든 지음, 오현수 옮김, 현대문화센터, 2005)도 읽어볼 만한 작품이다. 비슷한 예로 동양 판타지와 로맨스를 결합한『가스라기』(진산 지음, 파란미디어, 2015)도 흥미로운 작품이다.

이외에도 최근 언론에서 주목하고 있는 작가들은 네이버 웹소설에서 인기를 끌었던『숨결』(단글, 2014)의 작가 훈자, 역시 네이버 웹소설에『시니컬 황후』(단글, 2014)와「야한 남자」를 연재하며 독특하고 흥미로운 이야기를 전달하는 은빈 등이 있다. 카카오페이지로 활동을 시작한 이지환 작가와 한국로맨스소설작가협회장을 맡기도 했던 이수림 작가도 활발하게 창작 활동을 하며 언론의 주목을 받았던 작가들이다.

그러나 군이 유명 작가들의 작품들부터 볼 필요는 없다. 자신의 취향에 따라 재미는 달라지니까 말이다. 자신이 쉽게 활용할 수 있는 경로로 들어가 마음에 드는 것을 찾아 읽으면 된다.

최근에는 웹소설을 통해 로맨스에 쉽게 접근할 수 있다. 웹소설 플랫폼으로는 네이버 웹소설, 카카오페이지, 북팔 등이 로맨스 장르에 주력하고 있다. 이외에도 한국로맨스소설작가협회의 홈페이지에www.lovepen.net서 최근 로맨스 작품 및 작가에 대한 새로운 소식을 얻을 수 있다.

전자책 서점들도 로맨스 팀을 따로 운영하면서 로맨스 장르에 주력하고 있다. 북큐브와 리디북스 같은 전자책 서점에서 제공하는 어플리케이션을 이용하면 전자책으로 출간되는 로맨스 소설을 쉽게 다운로드 받을 수 있다. 특히 리디북스의 로맨스 팀은 로맨스 키워드 파인더라는 프로그램을 통해 각자의 취향에 맞는 로맨스 책을 추천해주기도 한다. 전자책으로 출간되는 로맨스 소설에 대한 정보는 인터넷 서점에서도 쉽게 얻을 수 있다. 각 서점마다 매 기간마다 제공하는 베스트셀러 코너에 들어가면 가장 많이 팔린 책, 즉 독자들에게 호응이 높은 책을 기간별로 확인하여 볼 수 있다. 이렇게 웹소설 플랫폼이나 전자책 다운로드를 활용하면 로맨스를 접할 수 있는 경로는 매우 손쉬우므로 자신의 취향에 맞춰 자신만의 로맨스 장르 추천 리스트를 만들어보기 바란다.

국립중앙도서관 출판예정도서목록(CIP)

웹소설 작가를 위한 장르 가이드. 1, 로맨스 / 지은이: 이주라, 진산. — 서울 : 북바이북, 2015
    p. ;   cm

권말부록: 로맨스 장르를 이해하는 데 도움이 되는 책 & 사이트
ISBN 979-11-85400-20-4 04800 : ₩9800
ISBN 979-11-85400-19-8 (세트) 04800

문학 장르[文學—]
로맨스(문학)[romance]

802.3-KDC6
808.3-DDC23   CIP2015033528

웹소설 작가를 위한 장르 가이드 1
로맨스

2015년 12월 10일 1판 1쇄 인쇄
2015년 12월 20일 1판 1쇄 발행

지은이   이주라, 진산
펴낸이   한기호
펴낸곳   북바이북
          출판등록 2009년 5월 12일 제313-2009-100호
          주소 121-839 서울시 마포구 서교동 484-1 삼성빌딩A동 2층
          전화 02-336-5675 팩스 02-337-5347
          이메일 kpm@kpm21.co.kr
          홈페이지 www.kpm21.co.kr

ISBN 979-11-85400-20-4 04800
      979-11-85400-19-8 (세트)

북바이북은 한국출판마케팅연구소의 임프린트입니다.
책값은 뒤표지에 있습니다.